시간의 강가에서

시간의 강가에서

맹난자 수필집

bookin

책을 펴내며

왜 이제야 보이는 것일까.
흐릿한 두 눈에.
꼬물꼬물 가엾고 그 애틋한 존재存在의 실상實相들이.
여기 그 이름들을 호명呼名하며
내 마음의 온기를 전한다.
쌀벌레, 그리마, 코스모스, 까마귀, 기러기, 모과 한 알 등.

오이 꽃에선 오이가 달리고
사과나무에서는 사과 향기가 익어가는데
척박한 토양에 기댄 나무가
일흔일곱 해, 애써 가꿔온 열매라야
보잘 것 없는 낭중囊中의 이 글들뿐.
그것마저 바람으로 흩노니

풍장風葬의 자유가 이런 것인가.

이제 마른 가슴에 우물 정井 자로 뚜껑을 덮는다.

동면에 든 산짐승처럼

설원雪原에 나 또한 아무 자취 없으리.

태양은 다시 떠올라 산등성이의 뼈를 감싸고

세상은 본디 푸른 적막寂寞에 잠기리.

어디에 내 다녀간 자취 있으랴.

깊고 푸른 어둠의 바닥에 누운 일물一物.

어디로 갈 것인가

원시반본의 물화物化를 생각한다.

낱장처럼 흩어진 원고를 한데 묶어준 도서출판 북인에 감사하며

변변찮은 글에 심도 있는 평문을 달아주신 유한근 선생님께 깊은 사의謝意를 표한다.

2018 얼었던 물이 풀리는 雨水에

觀如 孟蘭子

| 차례

제2장 몸에 대한 사유

제3장 자연에서 배우다

제4장 문학의 힘

제5장 독서의 즐거움

제1장

존재에 대한 단상

홍시
코스모스
벌레
까마귀
모과 한 알
모월모시某月某時
문답問答
법정 스님의 엽서

홍시

상자에서 감 한 개를 꺼냈다.

아직 푸른 빛이 가시지 않은 몸에 과도를 넣었더니 손끝에 단단한 저항감이 느껴졌다. 감 서너 개를 채반에 받쳐 볕 바른 창가에 두었다. 여러 날이 흘렀다. 감은 온몸으로 달라지기 시작했다. 얼룩진 푸른 빛깔은 물러나고 오롯이 완성된 붉은 하나의 홍시.

나는 빈집에 혼자 앉아 홍시의 붉은 안뜰을 넘보고 있다.

산다는 것은 늙음으로 향하는 길, 늙는다는 것은 완성으로 가는 길일까?

그렇지만은 않은 것 같다. 내면의 떫은 것을 익혀내는 저 발열發熱과 인고忍苦의 시간. 홍시는 늙어서 그저 완성된 것이 아니었다.

"익었느냐?"

손등으로 수박을 두드리듯 누군가 내 안을 노크한다.

"익었느냐?"

어쩌자고 철들지 못한 떫음이 그대로 남아 있다.

완성이란 시간의 변화가 아닌 영적靈的 변환變換인 것을.

한 편의 글쓰기도, 인간의 품격도 이와 같은 것이 아닐까? 문득 그런 생각이 들었다.

저 눈부신 존재의 발현發顯, 나는 지금 홍시와 대면하여 맑은 피부에, 그 아름다운 빛깔 하며, 보드라운 속살에 지닌 깊디깊은 단맛을 완성하기까지의 그들의 내밀內密한 변환의 과정을 더듬어보게 되는 것이다.

코스모스

죽음의 샛강을 건너지른 초가을 바람.

그 들판에 코스모스가 가득하다.

눈부신 하오, 한 남자를 따라 서울 근교의 간이역에서 내렸다. 낯선 곳의 허름한 시골길이 마음 편했다. 철로를 따라 말없이 걷고 있는데 코스모스가 뒤따라 왔다. 담배, 약국, 여관 따위의 간판을 지나쳤다. 그때 알 수 없는 파괴본능이 내 안에서 솟구쳤다. 코스모스가 이상하리만치 내 마음을 흔들었던 것이다.

여름이 타다 남은 재. 어머니를 땅에 묻고, 텅 빈 은하의 공간, 코스모스cosmos에 티끌로 던져진 느낌, 그것을 지우고 싶었던 것일까. 나는 충동적으로 무화無化되고 싶었다.

생의 본능을 에로스라고 한다. 사死의 본능은 타나토스.

에로스는 보존의 본능이요, 타나토스는 파괴의 본능이다.

내 안의 욕구는 정직히 말해 무엇이었던가?

프로이트는 에로스의 에네르기를 리비도라 하고 테로스의 에네르기를 타나토스 즉 죽음이라고 했다. 바람 앞에 가벼이 떠는 몸짓. 코스모스의 그것은 생이었을까, 사의 몸짓이었을까.

나는 50년의 세월을 넘어 덤덤하게 코스모스를 바라보고 있다.

일본 작가 다자이 오사무는 낡은 사진 속에서 지진으로 다 타버린 벌판에 유카타를 입은 여자가 지친 듯 앉아 있는 모습에서 "가슴이 타서 재가 되는 것같이 그 처참한 여자를 그리워했다. 사나운 정욕조차 느꼈다. 비참과 정욕情欲은 등과 배 같은 것인 모양이다. 숨이 멎을 듯 괴로웠다. 시든 벌판에서 코스모스를 만나면 나는 그것과 똑같은 고통을 느낀다"고 일기에 썼을 때 나 또한 그것에 얼마나 공감하였던가.

그러나 드넓은 우주[cosmos]에 무리지어 핀 코스모스 속에는 유카타를 입은 여자도, 20대의 나도, 다자이 오사무도 없다. 다만 생의 감각을 흔들던 그 꽃은 이미지로 남아 기억되고 있을 뿐이다.

벌레

욕조에 들어가 샤워기를 집어든 순간 바닥에 시커먼 벌레가 보였다.

놈은 침입자에 놀란 탓인가, 꼼짝도 않고 있었다. 자세히 보니 길이는 5㎝쯤, 발이 많이 달린 그리마, 속칭 돈벌레였다.

물을 틀면 곧장 하수구로 쓸려갈 테고…… 어쩌면 좋을까 망설이고 있는데 손 가까이에 밥주걱처럼 생긴 발뒤꿈치를 미는 기구가 보였다. 간신히 놈을 거기에 앉히고 욕조 벽면에 밀착시켜 끌어올리기를 시도했다. 도르레를 탄 것처럼 어지러운가, 놈은 중간쯤에 이르자 바닥으로 곤두박질쳤다. 2차 시도도 실패였다. 필사의 탈출인가, 아니면 자포자기인가 알 수는 없지만 나는 그놈을 살려서 밖으로 내보내고 싶었다.

"너를 다치지 않게 할 거야."

진정으로 말한 뒤 시퍼렇게 질린 몸을 주걱에 담아 다시 한번

시도했다. 벽면의 푸른 잔해가 놈의 발일 듯해 불편한 마음이 들었다. 더욱 조심스럽게 놈을 욕조 벽면 위로 끌어 올려서 간신히 타일 바닥에 내려놓았다. 그제사 관심을 떼고 나는 물을 틀어 샤워를 마쳤다. 놈은 화장실 나무문 옆 모서리에 붙어 있었다. 곤욕을 치른 뒤라서인지 힘이 없어 보였다. 다음날도 같은 장소에 그대로였다. 회복 중인가? 나는 그놈과 마주 바라보이는 변기에 앉아 녀석의 발을 살폈다. 대개는 30개라는데 중간이 뭉턱 빠진 듯해 보였다. 그때문에 거동이 어려운 것인가? 심신을 어서 추슬러 제 갈 곳으로 갔으면 했다.

녀석은 다음날도 같은 장소에 미동도 않고 그대로였다. 몸통이 조금은 굵어진 듯 보였다. 그렇다면 놈은 갈 곳이 없나? 웅크리고 있는 모습이 어떤 날의 내 모습처럼 보이기도 했다.

어느 여름날 아침 나는 눈뜨기가 싫었다. 차라리 그레고르 잠자(카프카의 「변신」의 주인공)처럼 벌레가 되었으면 하고 바랐다. 캠퍼스의 푸른 잔디 길이 아닌, 시청 청사의 돌바닥을 때리는 내 구둣소리가 귀를 아프게 했다. 반세기도 더 지난 일이다.

나는 놈에게 두 번째 말을 건넸다.

"이제는 눈에 띄지 말고 어디론가 가거라."

연일 30도를 웃도는 무더운 여름, 외출에서 돌아와 서둘러 욕실에 들어갔다. 텅 빈자리. 놈의 모습은 끝내 보이지 않았다.

어느 날, 내 떠난 자리를 보는 듯했다.

까마귀

1.

집에서 입은 채로 나와 횡단보도를 두 개 건넜다. 공원도 오랜만이다.

겨울숲은 저만치 물러나 있고 하늘은 겨울답게 맑고 청량하다. 걸음이 달라져 천천히 걷는다.

까—악 까—악! 허공에 사선을 그으며 지나가는 소리. 흉조凶鳥라지만 울음의 끝이 가파르지 않은 게 왠지 맑은 하늘에 비행운飛行雲처럼 묘한 여운을 남긴다.

초등학교 1학년, 원서동 우리집 윗골목에 고모네가 사셨다. 나무문을 열고 들어서면 담 아래 탐스런 수국이 피어 있고 뒷동산에는 찔레꽃 향기가 코를 찔렀다. 비 오는 날이면 고추장떡을 얻어먹을 수 있고, 고모부는 나를 번쩍 들어 "우리 찔레, 서울 구경 시켜주지!" 하며 공중에 한참을 떠 있게 해주었다.

"날아가는 까마귀야 시체 보고 울지 마라……." 고모부는 난간에 앉아 왜 이 노래를 흥얼거리셨을까? 이 구절이 기억에 남아 유리조각처럼 가슴에 들어와 박힌 지 70성상이 되었다. 그 분은 6·25때 납북되셔서 매형을 잃은 아버지만큼이나 나도 슬펐다.

5학년쯤이던가, 작문시간에 나는 이 구절을 종이에 써놓고 어둠 속 우물처럼 앉아 있었다. 그리고는 아무것도 쓰지 못했다. 시참詩讖이라더니 당신의 운명을 예견이나 하신 듯하다. 까―악! 빈 가슴을 긋고 지나가는 배음背音.

그만 눈을 감는다. 예전의 그 시간 속, 심연의 바닥에서 인화지 한 장이 피어오른다.

2.

시간은 지나간 흔적, 그것들은 가슴에서 복원되어 기억으로 남는다. 뉴욕 퀸즈에서 머물던 여름, 애드가 앨런 포Edgar Allen Poe, 1809~1849가 살던 그의 마지막 집을 찾아 맨하튼 72번가에서 지하철 D선으로 바꿔 타고 할렘가를 지나 포어덤 역에서 내렸다. 철책 안에 보이는 하얀 나무집, 1847년 1월 30일 흰 눈 속에 묻혀 있는 이 작은 오두막에서 포의 아내 버지니아는 폐병으로 숨을 거두었다. 변변한 수의조차 없이 그러나 남편의 헌 외투자락에 싸인 행복한 임종이 아니었을까.

어린 신부를 잃고 오열하던 작은 방, 포는 아내를 위해 「애너벨

리」라는 시를 썼다. 3년 동안 이 집에서 고통스런 나날을 보내다가 리치먼드에서 문학 강연을 마치고 귀가하던 중 그는 볼티모어 거리에서 쓰러졌다. 병원에 옮겨져 사흘 만에 정신이 들자 중얼거리던 그의 말을 뇌어본다.

"오 하느님…… 우리가 보는 것은 한낱 꿈속의 꿈입니까? 꿈속의 꿈처럼 보이는 것입니까?"

조립식 계단을 내려와 나는 그의 집 주변을 천천히 몇 바퀴나 돌았다. 뒤뜰엔 수령이 오래된 단풍나무 세 그루가 있었고 거기에 모여 앉은 참새 떼들이 또록또록한 눈으로 나와 눈을 맞추려 들었다. 그때 포의 시 「갈까마귀」가 떠올랐다.

> 슬픔의 무거운 짐을 지고 있는 이 영혼에게 말해주오 (……)
> 천사들이 레노어Lenore(버지니아를 상징함)라 이름 부르는, 세상에 둘도 없이 찬란하게 빛나는 소녀를 포옹할 수 있는지를.
> 그러자 갈까마귀가 응답하였네.
> "다시는 포옹할 수 없으리Quoth the Raven-Nevermore."

잊었던 것이 용케도 생각난 듯이 시의 후렴구 "Nevermore"가 이마를 쳤다. 그는 결코 살아서 다시는 이 집에 돌아오지 않으려고 일부러 죽을 만큼 폭음을 했던 것은 아니었을까? 네버모어…….

그 '네버모어'가 계속 나를 따라오던 것이다.

3.

『설국』의 작가 가와바타 야스나리川端康成가 잠든 가마쿠라鎌倉 레이엔靈園을 찾은 것은 2004년 12월 15일이었다. 그 분을 처음 뵈온 지 47년, 무더위가 한창인 1970년 7월 중순, 서울 신세계 구내화랑에서 열린 노산鷺山 이은상 선생의 시화전에서였다. 유난히 큰 눈에 은회색 머리를 넘겨 빗은 차가운 얼굴, 어떤 귀기鬼氣 같은 게 느껴졌다. 당시 그는 72살의 노인이었다. 한국을 다녀간 지 2년 뒤 돌연 자신의 집무실에서 가스 호스를 입에 물고 자살하였다.

노벨문학상 수상뿐 아니라 많은 작품이 영화화되고, 국제펜클럽대회로부터 '괴테메달'을, 그리고 프랑스정부로부터 '예술문화훈장'을 받았으며 사망 며칠 뒤 파리에서 미팅스케줄이 잡혀 있었기 때문에 자살했을 리 없고 수면제 등 약물 과다복용에 의한 사고사라는 의견이 지배적이었다. 그런데 나는 자꾸만 사고사를 가장한 자살 쪽으로 마음이 기울었다.

자신을 주인공으로 설정한 그의 대부분의 작품들은 죽음과 영혼의 문제에 깊이 관련되어 있으며 작품의 결미는 거의 죽음으로 끝난다. 그는 왜 그토록 죽음과 자살에 집착했던 것일까?

1899년 오사카에서 태어난 가와바타 야스나리는 의사이던 아버지와 어머니가 폐병으로 차례로 사망하자 2년 7개월짜리 고아가 되어 그는 조부모에게 맡겨진다. 할머니가 일곱 살 때 죽자 눈이 잘 보이지 않는 할아버지와 외딴 집에서 8년간을 지냈는데 그가 중학교 2학년일 때 할아버지마저 돌아가셨다. 할아버지의 죽음을 계기로 외톨이가 되었다고 하는 불안감과 고독감. 육친의 죽음으로 인해 '장례식의 명인'이라고 불리어질 만큼 비극적인 인생 개안開眼과 연결되어 있는 그의 고아의식과 자포자기 쪽으로 기우는 심상을 가늠해보게 되던 것이다.

그에게 글을 쓴다는 것은 자기 고독의 원천을 찾아가는 것이며 죽음에 상처받은 마음의 심층을 노정露呈하는 일이라고 생각된다. 가와바타의 작품하면 여행, 온천, 여관, 게이샤, 광대, 가설극장, 눈, 자살 등의 심상이미지가 떠오른다. 그의 도달점은 고독, 허무, 도로徒勞의식, 세상이란 연극이 공연되는 가설무대로 귀결된다. 『초혼제일경』에서 곡마단 처녀 오미쓰는 매일 곡마단에서 반복해 원도를 그리는 동안에 느끼는 따분함과 고독과 피로 속에서 현실을 일종의 꿈으로 받아들인다. '인생이란 꿈이며 세상이란 연극이 공연되는 가설무대'라는 그의 인식은 '꿈속의 꿈'이라는 포의 마지막 독백과도 일치한다. 세 살 때 양친을 모두 잃은 포 역시 세상이 가설무대로 인식되었을 것이다.

남국의 정취를 방불케 하는 '즈시 마리나맨션' 풍경을 눈에 넣고 빗속에 버스를 타고 나는 가마쿠라 공원묘지에서 내렸다. 그새 비는 멈추었고 산은 엷은 안개에 싸여있었다.

까악! 까악! 까마귀 떼가 무리지어 온 산을 뒤덮을 듯 무섭게 선회한다. 날아가는 까마귀와 시체, 공동묘지임이 실감났다. 묘역은 중앙선을 기점으로 양편으로 나뉘어져 있고 그곳을 4등분하자면 가와바타의 무덤은 오른쪽 아래인 5구-0-82번지에 있었다. 범어가 새겨진 석탑 뒤에 그의 묘가 있었다. 웅장한 대리석 비다.

오래 전에 뵈었던 그 분의 모습을 떠올리며 합장례를 드렸다. 그가 자살을 결행한 날은 급성맹장염으로 수술을 받고 퇴원한 지 꼭 한 달째 되는 날이었다. 거울 앞에서 움푹 꺼진 자신의 두 눈을 마주하며 쇠퇴해져 가는 몸을 더 이상 지탱하고 싶지 않다는 생각을 하였을는지도 모른다. 어느덧 74세가 된 그는 「16세의 일기장」에 썼던 것처럼 잉걸불처럼 꺼져만 가는 할아버지의 쓸쓸한 삶을 이미 자신의 몸 안에 옮겨와 살고 있었던 것은 아니었는지? 그의 할아버지가 세상을 떠난 나이는 73세였다.

나는 문풍지의 울림보다 더 추웠던 그들의 긴 겨울밤, 그 외딴 집 풍경을 잠시 떠올려 본다. 병든 노인의 오줌을 받아내는 한 소년과 그것을 한없이 미안해하던 할아버지의 모습은 그에게 지울 수 없는 내면의 풍경으로 작용했을지도 모른다.

몸 안에서 자라난 죽음의 그림자. "이제 더 이상은……?"

이때 무성음無聲音의 'nomore'가 그의 제스처로 눈앞에 그려지던 것이다. 비로서 그의 자살을 납득할 수 있을 것 같았다.

4.

손목시계를 풀어 맡기고, 안주도 없이 빈속에 배갈로 가슴에 불을 지피던 가난한 대학생 시절. 실험극장 동지들과 서울대 문리대 앞에 있는 진아춘에서 어울리고 있을 때였다. 불문학도인 C가 벌떡 일어나더니 혀 꼬부라진 소리로 이렇게 외쳤다.

> 취해라 우리는 취해야만 한다.
> 술에, 시에, 그리고 사랑에.

그는 깃발처럼 간헐적으로 손도 흔들었다. 누군가 되받아 "술에, 연극에, 그리고 사랑에"로 고쳐 말했다. 끔직한 시간의 무게를 느끼지 않기 위하여 끊임없이 취해야 한다던 보들레르의 시였다. 그날 2층 다다미방에서 듣던 장대비 소리는 우리를 데카당스에 젖게 만들었다. 1960년대에 쏟아져 들어온 전후戰後 문학과 세기말 현상도 당시 우리의 정서를 그렇게 지배했다.

보들레르Charles-pierre Baudelaire1821~1867의 단 한 권뿐인 시집 『악의 꽃』을 "데카당스의 성전聖典과 같다"고 말한 이는 그의 친구 고티에였다. 내 마음의 끌림도 아마 그때문이었는지도 모른다.

어린 나이에 아버지를 잃고 의부의 손에 이끌려 기숙사로 들어간 것은 11살 때로 "아 내 넋은 금이 갔네"라고 외친 보들레르. 그는 일찍이 삶의 고통을 감지했고 인생을 지옥으로 보는 한편 마약에 손을 대고 관능적 쾌락에 탐닉하며 추악미를 예찬하고 방종과 낭비를 일삼아 금치산자로 선고받아 인생에 있어서는 실격자가 되었으나 시에 있어서만은 그렇지 않았다.

보들레르는 애드가 앨런 포에게 매우 심취해 있었다. 포의 작품들을 번역하면서 어머니에게 "저 자신의 시와 그 사람(포)의 시 사이의 내밀한 유사성, 그 불가사의한 일치에 얼마나 충격이 컸던지요"라고 적어 보내기도 했다. 포의 「검은 고양이」「죽음의 항해」「모르그 가의 살인」, 보들레르의 「검은 비너스」「파리의 우울」『악의 꽃』 등 하나같이 검고 어둡고 우울한 악의 요소, 두 사람은 방종한 생활자였음에도 시작詩作에서만은 특이하게도 구두점 하나까지도 완벽함을 추구하는 까다로움을 보였다.

"『악의 꽃』이란 책은 차디차고 불길한 아름다움으로 덮여 있습니다." 그가 어머니에게 보낸 편지에서 언급한 '불길한 아름다움'이란 아마도 이 책의 중심 주제인 죽음, 우울, 서글픈 관능, 이교도적인 감수성, 그로데스크한 탐미주의, 죽음에 대한 강박관념이 아닐까 싶기도 하다.

2000년 5월 나는 그의 무덤 앞에 섰다. 몽파르나스 묘지에 들어

서면 우측 담벽 아래 사르트르의 무덤이 있고 그곳에서 대각선으로 건너다보이는 곳에 보들레르의 무덤이 있었다. 묘비 맨 위에는 의부 오픽 장군의 기록이 적혀 있고 보들레르의 기록은 단 석 줄뿐, 이름과 출생과 사망일자뿐이다. 그 밑에 어머니의 기록은 8줄, 오픽 장군의 10줄의 사이에 낀 보들레르의 처지가 조금은 딱해 보인다. 나는 누렇게 퇴색한 그의 묘비를 손바닥으로 쓰다듬었다. 그리고 준비해간 장미 한 송이를 받쳤다. 1867년 9월 2일 장례식이 치러지던 날은 비바람이 사납게 몰아쳤다고 한다.

달팽이 우글대는 차진 땅에다
깊은 구멍 하나를 내 손수 파련다
(……)
죽어 남의 눈물을 받기보다는
나 차라리 살아서
뭇 까마귀 떼를 불러들여, 더러운 내 몸
샅샅이 쪼아 피 내도록 버려두리

—「쾌활한 주검」 중에서

이 시구가 떠올랐다.

"갈보들을 너무 사랑한 나머지 젊은 나이로 땅두더쥐 왕국으로 떨어진 자, 여기 잠들도다"라는 그의 묘비명 같은 것은 보이지도 않았다. 이를 섭섭하게 여긴 탓일까. 그를 아끼던 사람들이 묘비 북쪽에 추모 조각상을 세웠다. 수의를 두른 남자가 관 위에 누워 있고, 높은 석주石柱에 올라 턱을 괴고 앉은 남자가 빤히 그것을 내려다보는 조각상이었다. 그것은 마치 우리 자신 안에 깃든 죽음의 실체를 들여다보라는 듯했다. "두 손에 턱을 괴고, 높은 지붕 밑에서 나는 보리라"던 그의 시 「풍경」을 형상화한 것이지 싶다. 벤치에 앉아 오랫동안 그 조각상과 마주하고 있었다. 뤽상부르 공원에 새겨진 「등대」의 시 마지막 구절은 언제 읽어도 나를 경건하게 만든다.

왜냐하면 주主여
오랜 세월을 구르고 굴러
영원한 당신의 가장자리에 와서 죽는
이 뜨거운 눈물은
우리의 존엄성에 대한
우리가 할 수 있는
가장 훌륭한 증명이기 때문입니다.

뜨거운 눈물, 존엄성, 인간에 대한 증명. 이런 것 앞에서 나는 그만 가슴이 뜨거워지고 만다. 그가 입원했던 돔Dome 가의 정신병원 앞에서 이른 아침부터 서성거리고 있었다. 그런 곳에서 어머니를 면회했던 내 어릴적 기억은 그 시간을 고통스럽게 했지만 그럴수록 나는 그것과 마주하고 싶었다. 이곳에서 그는 두 달간 어머니의 보살핌을 받다가 숨을 거두었다.

"어머니, 우리는 다시 행복해질 수 있을까요?"

오랫동안 목안의 가시처럼 그의 말이 아프게 떠오르곤 했었다. 그런 저런 상념을 지우며 그의 심정과 맞닿고 있는데 머리 위에서 까마귀 한 마리가 낮게 서행하더니 금방이라도 내 어깨를 툭! 툭! 칠 것만 같았다. 검은 망토자락의 까마귀가 그의 화신이라도 되는 것처럼 느껴졌다.

꾸악! 그때 프랑스의 시인 르나르의 시구가 떠올랐다.

"꾸아 꾸아/ 아무것도 아니다."

그는 꾸아 꾸아quoi quoi(무엇인가, 무엇인가)에 단답短答을 붙였다. '아무것도 아니다.'

왜? 라는 커다란 물음 앞에 인생은 정말 아무것도 아닐 수 있다. 그런데 보들레르는 "영혼의 문제를 심각히 다루는 자만이 고통을 느낄 것이다. 바보처럼"이라고 말해놓고 그것을 자신이 범해버린 그는 정말 바보가 아닐까. 느끼는 자에게 인생은 비극이라고 한다. 왜 그들은 쉽게 살지 못했을까? 총총히 떠난 (포 40세, 보들레르 46세) 두 시인의 고단한 삶을 반추해 본다. 까마귀 떼가 시야를 어지럽히는 그곳을 나는 쉽사리 떨치고 일어나지 못했다.

5.

보들레르의 유택을 다녀온 지도 어느새 17년이 지났다.

"이제 더 이상은……?" 눈짓으로 내게 말하던 가와바타보다 나는 두 살을 더 살고 있다. 누워서 지내는 날이 많아진 요즈음, 거실 창밖에 눈을 두면 빈 목련 나뭇가지에 포르릉 새들이 머물다 떠나곤 한다. 포의 집에서 만났던 그 참새 떼 같기도 하고, 내게 무슨 전언傳言이라도 있는 듯 보인다. 흑단처럼 새까만 까마귀란 놈은 허공에서 소리만 들려준다. 이태준은 「까마귀」의 울음을 '까르르……' 하고 GA 아래 R이 한없이 붙는 발음이라고 했는데, 오늘 아침의 까마귀는 '깍 깍 깍' 급하게 세 음절을 꺾는다. 가라는 뜻인가? '가 가 가'로 들린다.

노년은 이제 소리도 몸으로 듣는다. 목탄화로 그려진 창밖 풍경, 그것도 내게는 가설무대의 배경 같다. 무거워진 눈꺼풀을 감는다. 흑단새 한 마리, 지나간다.

모과 한 알

수필가 K씨는 해마다 마당에서 수확한 가을을 보내온다. 이번에도 상자 속에 모과 세 개가 들어 있었다. 아기 머리통만한 모과는 손끝에서 무쭐했다.

아마도 그녀의 정원에서 간택된 제일 잘 생긴 놈이지 싶다. 피부는 어린 연두에 노랑 빛깔을 띠고 있으나 몸통은 산맥처럼 꿈틀대는 골격이 범상치 않다. 그 중 두 개는 모과차를 만들고 두상頭像과 빛깔이 제일 나은 것을 골라 안방 문갑 위에 두었다. 방문을 여닫을 때마다 은은한 향기가 따라나오고 빛깔도 점차 황금빛으로 익어갔다.

어느 날은 방문을 여니 모과가 그 방의 주인인 것처럼 정좌靜坐하고 있었다. 미더운 생각이 들었다. 그러나 그의 시간은 어디까지였을까?

가을이 땅으로 내려앉고 하늘에 눈발이 날리기 시작했을 무렵인가, 그때부터 그의 모습이 달라지기 시작했다. 몸에 갈색 반점이 번지고 늙은 대추마냥 쪼그라들더니 시커먼 하나의 돌덩어리에 불과했다.

"들어내야지" 하면서도 왠지 손길이 쉽게 가지 않았다.

한가람 디자인미술관의 회랑을 돌 때였다.

울퉁불퉁한 시커먼 돌덩어리, 그건 내 첫인상이었고 청동으로 부조된 자코메티의 마지막 작품 〈앉아 있는 남자의 흉상〉이었다. 배코 친 두상에 비쩍 마른 얼굴, 눈빛은 형형한데 그친 입술〔止〕은 삐뚤어졌고…… 뭔지 모를 고통이 솟구쳤다. 그때 등신불이 떠올랐다.

젖줄이 끊긴 아이처럼 나무에서 박리剝離된 채 제 모습의 꼴을 갖추느라고 힘들었을 모과의 고행苦行정진이 짚어졌다.

나는 그날 우연히 모과 한 알에서 고행승의 열반을 보는 듯했다.

모월모시某月某時

식탁에 앉으면 벽면에 걸린 은회색 테두리를 한 유리액자와 마주하게 된다.

투명한 화기花器에 담긴 푸른 잎과 봉긋한 남색 붓꽃이 싱그럽다. 일현一玄 선생의 그림이다.

어쩌자고 조그만 나방 한 마리가 그 안에 갇혀 있다.

어느 틈새로 들어갔을까? 꽃의 나라를 탐한 어느 순정어린 도련님의 월담이었을까. 아니면 초나라 시인 굴원처럼 고독한 국외자로서의 자기 추방이었을까?

검은 날개를 접고 액자 바닥에 추락한 놈은 사막에 갇힌 신세나 다름없어 보였다.

액자의 배접이 꺾인 부분은 마치 긴 구릉의 모래사막과도 같았다.

그는 왜 거기로 숨어든 것일까.

어느 날 또 한 마리가 그곳에 들어왔다. 둘은 대체 어떤 사이일까?

가장의 유배지를 찾아나선 암놈이라도 되는 것일까. 곡물에서 나온 듯한 나방은 농군처럼 흰 무명옷으로 바꿔 입고, 두 놈은 액자 바닥에서 서로 몸을 의지한 채 '사람 인人' 자 형상을 그리고 있었다. 놀라웠다. 그런 며칠 뒤 몸을 서로 기댄 '인人' 자는 허물어지고 그들의 몸은 개체적 '음--'의 기호에서 '한 일一' 자가 되었다.

머리를 맞대고 누운 수평의 긴 한 줄, 둘은 죽어서 하나가 되었다.

나는 상여 없는 흰 상열喪列을 보는 듯 아득했다. 숙연한 가운데 숭고한 아름다움이 저런 것인가 생각되었다. 순간 남편 대신 청나라로 끌려가 모진 고초를 겪다가 죽은 임경업 장군의 아내가 불쑥 떠올랐다. 감옥에서 자결한 부인의 심경은 어떤 것이었을까. 가족의 연대를 생각하게 했다.

모월모시某月某時. 나는 저들을 목격한 1인으로서 그들의 임종을 기록해야 할 어떤 임무 같은 것을 느꼈다. 그리고 얼마 뒤 액자를 해체하고 그들의 시신을 해방시켰다. 좀 더 엄밀히 말하자면 그들의 잔해를 털어낸 것이다.

오래 전에 보았던 영화의 한 장면이 떠올랐다. 스크린 속에 포개진 남녀의 시신은 에스메랄다와 〈노틀담의 꼽추〉 콰지모도였다. 영화의 마지막 장면에 'sand'라는 글자가 퍽 인상적이었다. 모월모시, 우리의 존재도 그와 같이 해체되고 말 것이다.

모래바람을 일으키며 내 눈 앞에 다시 그 글자가 지나갔다.

허공에서 쏟아져 내린 글자에는 모래, 바람, 풍화風化, 먼지, 무無 자가 나풀대는 것이었다.

문답問答

1.

어느 해 봄, 나는 벚꽃이 만개한 도쿄의 에도가와 강변을 따라 바쇼松尾芭蕉, 1644-1697의 오두막을 찾은 적이 있었다. 옛날 집은 스러지고 문경구文京區 교육위원회가 세웠다는 표지판이 문 앞에 있었다.

파릇한 잔디 위에 굽어진 돌길, 그걸 딛고 들어서니 이내 아담한 바쇼암이 나타났다. 신발을 벗고 들어선 곳은 크지 않은 다다미방이었다.

정면 도코노마에는 바쇼의 자필화로 된 개구리 그림과 시가 적힌 족자가 걸려 있었다. 시는 언필칭 그의 대표시라고 하는「개구리……」였고 족자 밑에는 자그마한 바쇼의 목상木像이 놓여 있었다.

古池や 蛙飛こむ 水の音

해묵은 연못이여. 개구리 뛰어드는 물소리

그가 고향 이가 우에노를 떠나 이곳에 온 것은 1680년경. 그의 나이 37세 때로 인근의 닌센臨川 암자를 찾아가 붓쵸佛頂 선사에게 가르침을 받곤 했다.

어느 날의 일이다.

"오늘은 어떠한가?" 붓쵸 선사가 물었다.

"비 지나가며 푸른 이끼를 씻었습니다." 바쇼가 답했다.

붓쵸는 다시 물었다.

"푸른 이끼가 아직 생겨나기 전, 봄비가 아직 내리기 전의 진리는 무엇인가?"

"해묵은 연못이여, 개구리 뛰어드는 물소리"라고 그는 답했다.

그곳을 다녀온 지 10년 세월도 잠깐, 요즘엔 독서도 힘들어 불구심해不求甚解로 선사들의 어록語錄을 천천히 넘기며 소일하고 있다.

며칠 전 TV에서 물속으로 뛰어드는 아이들의 모습, 첨벙!에서 바쇼의 그「개구리」시가 떠올랐고 그러자 갑자기 붓쵸 선사와의 문답이 의중에 감겨들었다.

"오늘은 어떠한가?"

오늘의 일이란 지금의 마음 상태, 즉 경계를 묻는 것이리라.

"비 지나가며 푸른 이끼를 씻었습니다."

여기에서 지나간 '비'는 무엇이며, 씻었다는 '푸른 이끼'는 또 무엇인가.

비에 씻긴 푸른 이끼. 이끼는 씻겨서 없어져야 할 대상이고 비는 그것을 소멸시키는 감로수라고 해야 하나. 그러나 비와 이끼는 아직까지 상대적인 분별의 세계이다. 이런 메타포의 유추쯤은 누구나 어렵지 않다. 그러나 다음의 두 구는 쉽지 않았다.

"푸른 이끼가 아직 생겨나기 전,

봄비가 아직 내리기 전의 진리는 무엇인가?"

붓쵸는 즉석에서 바쇼의 말을 받아 푸른 이끼, 봄비 전의 소식인 '진리'에 대해 물었다. 단도직입單刀直入적으로 던지는 활구活句였다. 이때 바쇼의 답은 열 일곱자로 압축된 위의 게송偈頌이었다. 게송이란 오도悟道의 경지를 뜻하는 바 그러므로 내게는 하이쿠 형식을 취한 그의 오도송으로 읽힌다.

하이쿠의 특징은 선가에서 표방하는 불언不言의 언言과도 상통한다. 여기에 롤랑 바르트는 하이쿠에 대해 "가까이 하기 쉬운 세계이면서 그러나 아무것도 말하려 하지 않는 이중의 성격을 가지고 있는 문예"『기호의 제국』라고 지적한 바 있다.

하이쿠의 시 세계는 극도로 압축된 언어로 어느 한순간 대상의 본질을 포착하여 아무런 설명 없이 이와 같이 불쑥 내던진다.

해묵은 연못, 개구리 뛰어드는 물소리.

별안간 '첨벙'하며 개구리 뛰어드는 물소리에 그만 정적이 깨어지고 마는 느낌. 동動으로서 정靜을 깬 선적禪的 파격이다. 해묵은 연못의 고요는 모든 법이 움직이지 않는 본래적本來寂의 도道 자리. 그것을 본체本體라고 한다면, 첨벙 뛰어드는 개구리의 동작은 현상적인 작용이라고 할 수 있다. 현상[有]으로써 본체[無]가 드러난 것이다. 본체는 해묵은 연못의 고요다. 그러니까 푸른 이끼가 아직 생겨나기 전, 봄비가 아직 내리기 전의 진리는 개구리가 정적을 깨기 전의 해묵은 고요, 본래적의 그 자리다. 도는 덕의 작용으로써 드러나고 무無는 유有에 의해 드러난다 그러니 있음과 없음은 둘이 아닌 하나로 보아야 한다. 연못의 공空과 개구리의 색色. 그 또한 공즉시색空卽是色으로 즉卽해 있지 않은가.

공안公案에는 원래 답이 없다. 분별을 넘어선 자신의 체험을 직시直示하는 것이 공안이기 때문이다. 바쇼는 '이끼와 비'의 상대적 분별을 떠난 절대적 체험으로써 제법부동본래적諸法不動本來寂의 그 자리를 확인한 것뿐이다.

중국의 양나라 무제가 달마 스님께 물은 것도 '진리'에 대해서였다. "무엇이 가장 근본이 되는 성스런 진리입니까?"라고 했을 때, 그의 대답은 '확연무성廓然無聖' 넉 자였다. '텅 비어서 성스럽다 할 것도 없다'는 뜻이다. 활짝 개인 드넓은 하늘[廓然]에 아무것도 없는 것처럼, 부처님의 진리 또한 텅 비어 공空한 것이니 성聖스럽다 할 무엇조차 없다는 것이다. 본래 적寂의 그 자리를 점두點頭로써 수긍할 뿐, 다른 무엇이 더 있겠는가.

2.

아주 오래 전 통도사 극락암에 계시던 석정石鼎 스님께 족자 하나를 선물로 받았다.

선이 굵은 그 분 특유의 달마도에 붙은 찬시는 이러했다.

山堂靜夜 坐無言
寂寂寥寥 本自然
何事西風 動林野
一聲寒雁 唳長天
산당 고요한 밤에 말없이 앉아 있네.
고요하고 또 고요한 것은 본래 자연의 모습.
무슨 일로 서풍은 임야를 흔들어
찬 기러기 외마디 소리로 긴 하늘을 울며 나르게 하는가.

족자는 늘 내 눈 높이에 걸려 있었다.

어느 날, 그림 속 달마 스님이 내게 물으시는 것 같았다.

"왜 찬 기러기가 긴 하늘을 울며 나르는가?"

어느 시인의 말대로 누가 바람을 보았을까요? 아무도 그것을 보지는 못했어요. 그러나 나뭇잎이 흔들릴 때 그것은 빠져나가지요, 라고 했듯이 나뭇잎이 흔들릴 때 비로소 바람의 존재가 드러나고, 기러기 외마디의 울음[現像]에 산당의 고요[本體]가 드러난다. 마치 개구리 뛰어드는 물소리에 해묵은 연못의 고요가 드러나듯.

앞의 두 구句는 도道의 본체요, 뒤의 두 구는 도의 작용이 아닐까.

1, 2행은 자연의 본체요, 3, 4행은 자연의 현상이다. 본체와 현상, 정靜과 동動, 공과 색, 이러한 구조는 바쇼의 시에도 그대로 적용된다. 그러나 아무래도 걸리는 건 왜 하필 서풍이 불어 기러기가 울며 떠나야 하는가였다.

아직 살아 있음의 업풍業風이여!

아득한 하늘을 올려다본다. 장천長天을 울며 나는 한 마리의 찬 기러기, 남같지 않았다. 젖은 갈대는 서풍에 흔들리고 구만 리 하늘을 울며 나는 기러기의 고단한 날개 짓.

지난 날 나는 서툰 솜씨로 「노안도蘆雁圖」 한 폭을 화선지에 옮기고 기어이 그 위에 이 시구를 적어 넣었다.

何事西風 動林野

一聲寒雁 唳長天

아린 자화상처럼 오랫동안 나를 지배하던 이 구절과의 문답. 하마 반세기가 지났다. 긁어 부스럼처럼 괜히 한 생각을 일으켰던 것이다. 자기 연민에 기인한 중생심이었다. 마음이 멎으니 서풍도 그치고 사위도 고요한 것을.

찬 기러기가 연고 없이 목청을 뽑아 '끼르륵' 푸른 하늘을 수 놓고, 바쇼의 개구리는 아무 먹은 마음 없이 '첨벙!' 물속으로 뛰어든다. 두두물물이 입처개진立處皆眞*이다. 푸른 이끼가 아직 생겨나기 전, 봄비가 아직 내리기 전의 소식인 바로 그 진리인 것이다. 아무런 작의作意 없는 개구리의 동작에서, 나는 연고緣故 없는 기러기의 일성一聲을 되짚어보게 되는 것이다.

* 입처개진(立處皆眞) : 임제 의현(臨濟 義玄)의 법어. '수처작주(隨處作主) 입처개진'이라는 성어로 쓰임. 서 있는 곳마다 진실됨. 서 있는 곳 모두가 바로 진여(眞如)라는 뜻.

법정 스님의 엽서

오늘 아침 뉴스에서 '국정농단의 시작과 끝으로' 지목되는 최순실의 구형 25년과 벌금 1,185억 원이 발표되었다. 억장이 무너지는 듯 그녀의 '억' 소리에 나는 '일조진一朝塵'이 떠올랐다. 욕심껏 모은 돈이 기껏 하루아침의 티끌이라니. 자고로 분分이 아닌 복과 까닭 없는 돈은 횡재가 아니라 재앙이라고 했던가. 수갑을 찬, 한때 실세였던 사람들을 보니 『채근담』의 일구가 떠올랐다.

"도덕을 지키는 이는 일시 적막이나, 권세에 아첨하는 자는 처량 만고라." 선인들의 말씀은 틀린 데가 없었다. 그래서 달인은 '물외지물物外之物'을 보고 '신후지신身後之身'을 생각하나니 살아 있는 몸보다도 죽은 뒤의 이름을 걱정해야 한다고 하셨다. 한때의 적막을 받을지언정 만고萬古의 처량을 취하지 말라는 뜻이다.

나는 변통없고 고지식한 아버지의 딸이라서 호사 같은 것에는 일찍이 물들지 않았다. 첫 번째는 기차에서 의문사한 야당 출신의 대통령 후보와 가깝다는 밀고로 옷을 벗어야 했고, 두 번째는 공금을 강요한 상사의 구속으로 면직되었다. 저축도 없이 실직 당한 가장에게는 가솔이 딸려 있었다. 나는 아버지가 써준 편지를 들고 시외 어느 파출소로 찾아가 그걸 건넸고, 답장을 받아왔다. 내 등록금이 들어 있었다. 그 후론 아버지께 나는 어떤 요구의 말씀도 드리지 않았다. 친구들이 경주로 수학여행을 갔을 때, 남은 아이들은 모여서 덕수궁 산책을 하게 했다. 이른 아침, 고궁 뒤뜰에서 만난 고요한 마음의 평정, 맑은 가난 속에 포함된 자유가 어린 마음을 뭔가 모르게 뿌듯하게 했다.

1969년부터 『신행불교』의 편집을 맡아 10년간 봉직하는 동안 언론매체에서 청탁이 왔었고 발표된 글에는 '수필가'라는 호칭이 뒤따랐다. 이름의 도盜가 되지 않으려고 노력해서 나는 수필가가 되었고 1996년 첫 수필집 『빈 배에 가득한 달빛』을 출간하였을 때 법정 스님께서 보내주신 엽서에는 낯익은 만년필의 굵은 글씨로 이렇게 쓰여 있었다.

"가난이 우리를 이만큼 키웠습니다."

스님은 '내 가난'을 편드느라고 '우리를'이라고 덧붙이는 배려를 잊지 않으셨다. 내가 스님을 처음 만난 것은 1969년 봄, 조계사 근처 어느 지하 다방이었는데 그때 합석한 홍정식 선생님은 스님께 내 취직을 부탁했고 덕분에 「불교신문」의 전신인 「대한불교」 신문사에 잠시 취직해 다닌 적이 있다. 미당 선생은 자신을 키운 것은

8할이 바람이라고 했으나 돌이켜보면 나를 키운 것은 법정 스님 말씀대로 가난이 맞는 것 같다.

분分 외의 것을 바라면 죄를 짓게 되거니와 또한 남을 원망하게 된다. 조금 덜 갖고 덜 쓰는 편이 내겐 훨씬 쉬웠다. 나는 한 끼 밥이 어려웠던 작가들이나 고흐를 생각할 때가 많다. 따뜻한 불빛 아래 식구들과 식탁에 둘러앉으면 평범한 일상사가 왜 이렇게도 어려웠던 것일까, 그리고 한편 이 작은 평화에 무한 감사를 드리게 된다. 전도가 양양하던 젊은 가장의 실직은 가족을 불우한 그늘로 이끌었다. 사실상 가난의 대물림에서 용이 나오기는 쉽지 않다. 불우함을 넘어서려면 불우함을 싫어하지 않아야 하고 가난을 넘어서려면 가난을 싫어하지 않아야 한다는 게 내 생각이다.

주周나라 문왕은 유리옥에서 저 유명한 『주역』의 괘사를 썼고, 다산은 유배지에서 『목민심서』를 썼다. 사마천도 불우함 속에서 『사기』를 썼다. 나는 험난한 때를 어떻게 보냈는가. 스스로를 돌아보게 된다.

"세상살이에 곤란 없기를 바라지 말라. 세상살이에 곤란이 없으면 업신여기는 마음과 사치한 마음이 생기나니 근심과 곤란으로 세상을 살아가라"는 부처님의 말씀에 근심과 곤란에 '가난' 하나를 더 보탠다. 배고픔을 모르고 사는 사람은 남의 배고픔을 알지 못한다. 남의 아픔을 함께 느끼는 것이 자비가 아닌가.

하루아침의 티끌 같은 '헛것'에 매달리지 말고, 맑은 가난 속에서 성聖스러운 샘물을 키워나가자.

"가난이 우리를 이 만큼 키웠습니다."

내 가슴속 깊은 샘물에 떠 있는 달이다.

제2장

몸에 대한 사유

몸

1.

조그만 암자에서의 일이다.

수행에만 정진할 수 있도록 한 노파가 스님을 정성껏 보살폈다. 20년의 세월이 흐른 뒤, 언제나처럼 밥을 가지고 올라간 노파의 딸이 어머니가 시킨 대로 와락 달려들어 스님을 껴안았다.

"스님. 바로 이런 때의 심경이 어떻습니까?"

"고목枯木이 찬 바위에 의지해 있으니 겨울날 따스한 기운이라곤 없다."

딸로부터 이야기를 전해들은 노파는 화가 났다.

"내가 20년이나 공양해온 것이 이런 속물이었던 말이냐."

그리고는 곧 암자를 불태웠다.

선가의 '파자소암婆子燒庵'이라는 공안이다.

애욕을 끊어 회신멸지灰身滅智의 고목枯木이 된 스님, 어떻게 해야 암자를 구할 수 있었을까.

2.

오래 전에 보았던 영화의 한 장면이 떠나지 않았다.

임종에 이른 어느 노스님의 간곡한 부탁으로 암자에 사는 앳된 비구니가 불려왔다. 방문을 열고 조심스레 들어선 그녀는 분부를 기다렸다. 노스님은 준엄하게 "옷을 벗으라"고 명했다.

그는 고목등걸 같은 반신을 일으켜 퀭한 두 눈으로 소녀의 나신裸身을 뚫어져라 관觀한 뒤 곧바로 열반에 들었다.

노스님이 마지막 순간까지 확인하려 했던 것은 무엇이었을까?

평생을 가두어버린 욕망의 정체를 점검하려던 건 아니었을까.

나는 그 묘한 의단에 꽂혀 몸과 성性 그리고 생과 사, 이런 것들을 그동안 알아보려고 애썼다.

3.

칠흑 같은 밤. 산자락은 온통 눈에 묻혀 시간마저 차단된 그 겨울, 노스님의 방에 초대된 여자가 있었다.

고목古木에도 꽃이 피는가? 그는 아랫도리에 손을 넣어 불씨를 헤집어 보았다. 무수히 그어댄 성냥불에도 생명의 불씨는 살아나지 못했다.

꿈을 깬 뒤, 참으로 몸이 허망하다는 생각이 들었다.

그동안 부싯돌이 일궈낸 찰나의 불꽃, 점화된 몸의 황홀한 불꽃.
모두가 허공 꽃이었음을 짐작한다.

4.
나무를 쪼개보아도 없던 그 꽃이 그러나 봄 되면 스러지고 말 그 꽃들이
다시 피어나 저마다 아름다움을 다툰다.
여기에 나는 네 글자를 보탠다.
진공묘유眞空妙有.
무無로써 본체를 보고
유有로써 현상을 보는 것.
수피樹皮에 흐르는 시간, 몸도 그것과 다르지 않다.

몸을 붙들고

짧은 봄밤보다 나는 여름날의 긴 하루해를 좋아하였다. 더구나 별안간 쏟아지는 장대비에 갇혀 무상으로 주어지는 하일夏日의 그 여가 시간이란 얼마나 선물 같은 것이던가. 그런데 이제는 눈만 뜨면 긴 하루가 제한 없이 주어진다.

일흔에서 여든에 이르는 시간은 아이 때의 일주일 정도에 해당하는 것 같다고 말한 이가 있지만, 그 나이 때를 살고 있는 나로서는 그렇게 생각되지 않는다. 왜냐하면 몸이 시간을 감당하지 못하기 때문이다. 하루 중 반나절밖에 살지 못하는 노년의 시간은 사라짐으로 가는 휴지休止의 시간, 어느새 하릴없는 노인이 되어 땅거미가 내려앉는 뜰을 우두커니 내려다보고 있다. 어쩐지 저물녘의 뜰도 슬퍼 보인다. 성하盛夏를 지나고 있지만 소멸로 가는 그 푸른 것들의 발자욱을 알기 때문이다.

몸보다 무상無常한 것이 다시 있을까. 감꽃 같던 계집애는 등

굽은 노파가 되었고, 풍우를 막아주던 몸도 시간의 부식으로 닳아져 오늘 새벽에는 무릎과 손가락 뼈마디에 전류가 흐르는 것 같았다. 관절 마디의 통증, 신경세포가 숨을 참고 통증을 견디느라 애쓸 때 비로소 내 몸의 존재가 절실하게 체감되던 것이다. 엉거주춤 이런 몸을 붙들고 나는 노후의 과정을 지나고 있다.

생에서 노사老死로 바로 가면 좋으련만 그 과정에 매복하고 있던 온갖 질병이 나타나 몸을 괴롭힌다. 사고사가 아니라면 우리 대부분은 아프다가 죽는다.

몸이 떠날 때가 되었는데도 죽어지지 않는 사람의 몸처럼 괴롭고 끈질긴 것이 있을까. 보스톤의 한 호텔 방에서 "왜 빨리 죽지 않는지 모르겠다"고 고함을 치던 유진 오닐의 모습이 떠오른다. 파킨슨병으로 그는 2년 가까이 그 방에 유폐되어 있었다. 인고의 한계를 감당한 그에게 머리가 숙여지기도 했다.

'봄의 첫날 가을의 끝을 생각한다'는 어느 시인처럼 나는 가을의 끝에 붙잡혀 100여 명 인물들의 마지막 순간을 채집하여 책상 위에 한가득 부려 놓았다. 그렇게 해서 태어난 것이 졸저 『남산이 북산을 보며 웃네』였다. 남산이 북산에 건네는 생사의 은밀한 눈짓 같은 것이라고나 할까. '역사 속으로 떠나는 죽음 기행'이라는 부제를 달고 있는 이 책이 나온 후 사람들은 내게 "어떻게 죽을 것이냐?"고 물어왔다. 모 방송국 PD가 찾아왔을 때 "글쎄, 좋은 죽음의 모델들을 제시할 수는 있으나 과연 그것대로 죽을 수 있을지는 의문"이라고 답했다.

"오! 주여. 자신의 죽음을 죽을 수 있게 하소서"라던 릴케의 말대로 어떻게 하면 '자신의 죽음을 죽을 수 있을까' 하는 것이 내겐 화두라고 말하며 의료행위를 거절하고 타계한 재클린 케네디 여사의 존엄사를 거론한 뒤, 나의 경우 다만 어떠한 연유에서건 자신의 죽음을 수용하게 되었을 때, 그때 죽음이 찾아와 준다면 더없이 좋으리라는 생각이며, 떠나려는 시간과 끊어지는 시간이 적절하게 맞추어지기를 바랄 뿐이라고 말했던 게 생각난다.

그것은 죽음을 몇 미터 앞에 둔 20년 전의 일이다. 죽음은 전적으로 몸의 소관, 몸의 일인 걸 몰랐던 것이다. 떠나려는 시간에 목숨이 때맞춰 끊어질 리 있겠는가. 억지로 목숨을 끊어 시간을 맞추기 전에는 어려운 일이지 싶다. 폐기종을 앓던 프랑스의 철학자 질 들뢰즈는 고통을 이기지 못해 자신의 아파트에서 뛰어내렸다. 그리스의 철학자 제논은 강의를 마치고 집으로 돌아오는 도중, 돌부리에 걸려 넘어지면서 발가락을 다쳤다. 그는 주먹으로 땅을 치며 이렇게 말했다.

"곧 갈 건데 왜 이렇게 야단이냐?"

죽음의 시간을 알리는 신들의 예고라고 생각한 그는 그 자리에서 목을 맸다. 92세였다. 그리스의 철학자 데모낙스도 107세가 되자 곡기를 끊고 아사를 택했다. 미국의 사회개혁자이던 스콧 니어링도 100세가 되자 식음을 전폐하였다. 그의 아내가 남편 곁에서

독려해준 그 속삭임을 나는 내 것으로 삼고 있다.

"몸이 가도록 두어요. 썰물처럼 가세요. (……) 당신은 훌륭했어요. 당신 몫을 다 했어요. (……) 빛으로 나아가세요."

스콧 니어링은 마침내 자신이 원하는 죽음을 맞이할 수 있었다.

내가 지금 할 수 있는 것도 몸이 가도록 두는 일이 아닌가 한다. 약을 쓸 때도 있지만 통증이 지나가기를 기다리느라면 경허 스님의 모습이 떠오르곤 했다.

스님은 길가는 아이들을 불러놓고 지게막대로 자기를 때려 달라고 부탁했다. 많이 때리는 사람에게 돈을 많이 주겠다고 하니 아이들은 신바람이 나서 스님을 두들겨 팼다. 그때마다 스님은 "나는 안 맞았다 안 맞았다"고 외쳐댔다. 매를 맞은 것은 허깨비 같은 몸이요, 언젠가는 사라질 육체이고 청정한 진아眞我는 맞지 않았다는 것이다. 나는 이 허깨비 같은 몸을 붙들고 '안 아프다, 그래 아픈 게 아니다'라고 되뇌며 어떻게 하면 그 분들처럼 몸을 버릴 수 있을까를 생각한다.

> 일체 변하는 법은 그 실체實體가 없는 것.
> 모양이란 원래 허망한 것이라는 것을 안다.

이 같은 임종게를 남긴 부산의 혜월慧月 스님은 안양암 뒷산에 올라 한 손으로 솔가지를 잡은 채 호흡을 접었다. 그런가 하면 중국의 경통景通 선사는 촛불을 켜들고 스스로 장작더미 위로 올라가 타오르는 불길 속에서 제자들의 우는 모습을 지켜보며 열반에 들었다. 불교에서는 원래 죽음이란 존재하지 않는다고 말한다.

왜 불교에서는 죽음이 없다고 하는가?

우리의 존재는 인연에 의해 연기緣起 상황으로 존재하다가 조건이 다하면 돌아가는 무아無我적 존재이기 때문이다. 연기에 의해 가합假合된 이 몸은 본래 공空한 것. 따라서 이 몸에는 '나'도 없고 '주재主宰'도 없다. 그래서 붓다의 제자 바칼리 비구가 몸의 극심한 고통을 참지 못하고 자살을 결행했을 때 붓다는 "그는 내 설법을 듣고 분명히 깨달아 알았고, 법[眞理]에 대해 두려움 없이 반열반般涅槃에 들었다"고 말했다.

바칼리는 '오온色受想行識이 공空하다'는 것을 이미 터득하여 탐애로 구하는 업業이 멈추었다. 색色(몸과 물질)은 무상하며 변하고 바뀌는 것. 그로 해서 생겼던 번뇌가 끊어지고 집착할 것이 없게 되자, 안락에 머무르게 되어 반열반般涅槃을 얻게 된다는 붓다의 말씀을 그는 믿고 따랐던 것이다. 그가 반열반에 들었다는 붓다의 기별은 그러니까 '윤회[再生]'의 문제를 해결한 인증표인 셈이기도 하다.

불교에서는 그 분들의 열반을 자살이라고 칭하지 않는다. 그렇다면 자살과 열반은 어떻게 다른 것인가를 생각해본다.

마음 없음心無常과 무아無我를 알지 못하고서 집착과 원한을 품은 채, 현실 도피로 자살을 감행한다면 거기에는 묵은 빚[宿債]이 남게 되고 업業이 따라 붙어 윤회를 면치 못하게 될 것이다. 열반은 그와 반대가 되지 않을까.

기독교에서는 자살을 금기시하여 왔다. 생명은 오직 신의 특권이므로 우리가 마음대로 지배할 권리가 없다는 것이다. 이에 영국의 철학자 데이비드 흄은 자신의 에세이 「자살에 관하여」에서 우리의 영혼은 필멸이며 죽는 순간 육체와 더불어 사라지며, 우리를 체벌할 신神도 없는데 자살을 반대할 명분이 있을까를 묻는다. 이상적인 자살이란 '금식禁食'이라고 언급했던 쇼펜하우어가 생각난다. 107세의 데모낙스나 100세의 스콧 니어링은 떠나려는 시간과 목숨이 끊어지는 시간을 맞추기 위해 금식이라는 방법을 택했다. 그들의 몸은 이미 기운이 소진할대로 소진하여 자연에 동화되는 자연사에 가까운 죽음이었다. 그러니 젊은 사람들은 모방하지 않기를 바란다.

"살 만한 동안에는 어느 누구도 삶을 저버리지 않을 것이라고 나는 믿는다. 그러나 삶이 우리가 짊어질 수 없는 짐이 된다면 우리가 자살을 택하는 것은 정당하다"고 흄은 또 적고 있다.

나는 그것의 정당 여부를 쉽게 결론 내리지 못한다. 그것은 우리 최대의 고유한 선택이므로. 나는 다만 이 몸의 실체 없음[無我]을 알면서도 생인손 같은 통증을 어쩌지 못하고 있다. 통증은 현실이다.

저 인도의 유마힐 거사는 번뇌를 떠나지 않고도 열반에 들었다고 하는데 나는 온갖 상념 속에 이 몸을 붙들고 있다. 아니 서서히 자살하고 있는 중이다. 늙는다는 것만으로도. 이것은 1980년 교통사고로 죽은 프랑스의 철학자 롤랑 바르트가 자주 인용하던 말이다.

"늙는다는 것, 이는 서서히 자살하는 것"이라고.

얼마나 다행한 일인가. 다만 그것으로 가는 과정이 길지 않기를 바랄 뿐이다. 죽음은 드디어 나를 쉬게 하는 것이려니, 나는 기쁘게 땅을 껴안을 수 있었다는 헨리 데이빗 소로처럼 포근한 땅의 감촉을 맨몸으로 느끼고 싶다. 진정한 휴식은 자연에의 복귀復歸이다. 망상妄想이 끊어진 침묵, 적멸寂滅이다.

땅거미는 정령精靈처럼 사뿐히 지상에 내려앉고 푸르스름한 어둠이 사위를 감싼다. 이 고요한 시간에 나는 대지와 하나가 되고 싶다. 심장마비로 혼자 눈을 감은 어머니처럼 긴 여름날 하오에.

미물들조차 생명의 번식이 왕성한 여름, 그 조용한 숲 그늘 한켠에서 사위어가는 목숨들. 아름다운 우주의 균형을 생각하게 된다.

나는 몸으로 쓴다

칠흙 같은 밤, 잠들지 못한 어느 의식이 하얗게 깨어 있다.

책상 위에 펼쳐진 하얀 종이, 그것은 아직 누구도 밟지 않은 미답의 설원이다.

장차 눈밭에 찍힐 까만 발자국들은 연필을 통해 내 몸에서 나갈 모르스 부호들이다.

나도 내가 어떤 글자를 내보낼지는 미리 알지 못한다. 그건 몸의 영역이기 때문이다.

암호로 뒤덮인 심층 무의식의 전보는 몸의 허락이 없고서는 접속이 불가능하다.

어둠을 가르며 사각 사각! 누군가 지나가는 소리.

한밤중의 발 없는 연필이 내 심장 위를 지난다. 밤은 더 깊고 의식은 명료하다. 하얀 종이와 나 사이에는 아무 간격도 없고, 손에

쥔 연필에는 어느 혼령이 임한 듯 연필은 까만 거미줄을 마구마구 뽑아낸다. 그 모르스 부호를 받아 적는 나의 몸은 어느새 연필의 일부가 되었다. 그때 '몸은 자신의 지성을 품고 있다'는 어느 심리학자의 말이 떠올랐다.

목욕을 하고 손톱을 자르며 글을 쓰려고 청정하게 단속한 나의 몸은 때론 공수를 기다리는 어느 무녀巫女와도 같다. 천계에서 내리는 말씀을 받아 적는다.

설원에 붉은 피 뚝 뚝 떨어지고, 먼 옛날 마음 바다의 해초를 뒤집어 풀어내는 연필, 그것은 아득한 영겁의 날로부터 인식하지 못했던 다생多生의 내 전생사를 짐작하게 한다.

'괜찮다. 괜찮다!' 슬프지 않은 것은 인생이 아니란다.

연필을 쥐고 있으면 어디선가 그런 소리도 들려온다.

오늘도 나는 나를 검속하며 그 모르스 부호를 위해 몸으로 쓴다.

간시궐幹屎厥

수세식 변기를 쓰면서부터 물을 내리기 전, 마주하게 되는 것이 있다. 자기가 내놓은 배설물이다. 사십여 년 동안 무의식적으로 지속된 이러한 행동, 그러다 어느 날 문득 '나는 기껏해야 똥 싸는 기계가 아닌가' 하는 회의가 들었다. 그러나 그것을 내놓지 않으면 살아 있는 것이 아니다. 그때 별안간 운문雲門 선사의 '똥막대기'가 생각났다.

"부처가 무엇입니까?" 하고 제자가 물었을 때, 운문은 거침없이 "간시궐幹屎厥(똥막대기)"이라고 답했다. 운문은 왜 존귀한 분[世尊]이시며 청정한 분을 더러운 똥막대기라고 했을까? 궁금해하다가 깨끗한 것과 더러운 것의 차별이나 편견을 갖지 말라는 것쯤으로 넘기고 말았다.

'부처와 똥막대기' 그 후 '간시궐'의 화두가 나의 발목을 잡은 것은 "몸으로 최상의 진리를 실현한다"는 붓다의 말씀 때문이었다.

몸, 몸이란 사실 얼마나 더럽고 무상한 것인가? 아홉 구멍에서는 항상 더러운 것이 나오고 마침내는 늙어 한 줌 재가 되는 무상한 몸. 그 몸을 가지고 최상의 진리를 실현해야 한다니……. 그동안 나는 몸보다 정신을 더 숭상하고 우대해 왔었다. 종교적 금욕도 몸의 학대로 나타나지 않았던가. 그리스 철학자 플라톤은 "몸은 영혼의 감옥"이라고 말했다. 그러나 아리스토텔레스는 "몸을 떠나서는 영혼도 존재할 수 없다"고 설파했다. 그렇다면 몸이 더 중요한 것이 아닌가.

어느새 나는 따뜻한 물 한 잔의 소중함이 간절해지는 나이가 되었다. 마른 목을 적시는 물 한 잔의 수분과 온몸으로 번지는 따뜻한 온기가 움츠렸던 몸을 일으켜 세운다. 나보다도 몸이 먼저 반가워한다. 칠십 중반을 넘어서니 몸이 의지대로 되지 않는다. 몸의 통제를 받으며 나는 요즘 몸으로 살고 있다. 아니 몸과 타협하며 몸을 따라가고 있는 형편이다.

그때 "나는 고스란히 몸이며 그 외에는 아무것도 아니고 영혼이란 몸에 딸린 무엇인가를 위한 말일 뿐"이라던 니체가 떠올랐다. "나는 완전히 온몸 전체로 병을 앓고 있다"면서 그는 생의 비약과 환희, 이런 것들을 놓치지 않으려고 애썼다. 고압전류가 흐르듯 손가락의 말초혈관에 통증이 밀려오면 나는 병상의 그를 떠올리곤 했다. 1년에 200일이나 두통으로 괴롭힘을 당할 때도 있었고, 쓰는 일, 읽는 일을 할 수 없어 방에 틀어박혀 고통을 견딜 뿐이라고 했던 그의 절망을 껴안게 된다. 뇌 매독으로 인한 골수 막염, 각혈을 동반한 위경련, 편두통 등 니체의 몸은 그야말로 고통의 둥지였다. 그러면서도 실제로 있는 그대로의 자신에 만족한다고 말했던 그를 생각하게 된다.

「몸을 경멸하는 자들에 관하여」라는 제목이 붙은 글에서 그는 짜라투스트라의 입을 빌어 '고스란히 몸인 인간이 근원적이며 궁극적으로 깬 자'임을 역설한다. 나는 이 대목에서 한참을 멈춰 있었다. 어딘가를 향해 그에게 경배라도 하고 싶었다.

"몸으로 최상의 진리를 실현한다"는 붓다의 말씀과 그의 '몸인 인간이 궁극적으로 깬 자[覺者]'임을 역설한 그것이 다르지 않았기 때문이다. 『짜라투스트라는 이렇게 말했다』에서 그것은 더욱 구체적으로 되고 있다.

> "너의 사고와 감정 뒤엔 나의 형제여!
>
> 힘센 명령자 알려지지 않은 한 현자가 있으니, 그것이 곧 자신이라 불리는 것이다. 네 몸 속에 그것이 살고 있고 그것이 곧 네 몸이다."

내 몸 속에 살고 있는 한 현자賢者, 주인공. 그 '본래면목本來面目'을 니체는 그렇게 지칭했던 것이다. 죽되 죽지 않는, 생멸生滅을 초월한 한 물건[一物], 우리가 본래 갖추고 있는 진실한 모습, 실상實相인 것이다.

'부처와 똥막대기' 청정淸淨과 부정不淨. 운문은 이분법의 차별을 떠나 똥막대기에서 그대로 청정법신불을 뵙는다. 이 질병 덩어리, 색신色身이 그대로 청정법신임을 말하고자 한 것이 아니었을까. 본래면목도 몸이 있는 이 곳일 터, 결국은 몸을 통하여 몸에서 그것이 드러난다.

몸은 해탈의 도구이다. 붓다가 제시한 사념처四念處*의 수행은 덧없는 몸의 부정관不淨觀으로부터 시작한다. 몸이나 느낌 따위를 있는 그대로 관찰하다 보면 마침내 사성제四聖諦라는 고귀한 진리를 실현하여 궁극의 완성에 이르게 되는데 마지막 멸성제滅聖諦, 갈애渴愛의 남김 없는 소멸로 완전한 깨달음니르바나에 이르게 되나니 이를 두고 붓다는 '몸으로 진리를 실현한다'고 한 것이리라.

여기 오갈 데 없는 한 노파가 앉아 있다. 그는 자신이 미구에 죽으리라는 것도 알고 있고, 죽되 죽지 않는 한 물건[一者]이 안에 들어 있다는 것도 알고 있다. 그는 아이들이 갖고 노는 형형색색의 비눗방울에서 순간에 사라지고 말 자신의 모습을 바라보기도 하고, 또한 변기에 물을 내리기 전, 마주치게 되는 똥에서도 자신을 직시한다.

운문 선사의 '간시궐'을 통해 무상無常하고 깨끗지 못한 이 몸이 그대로 법신法身임을 알아차리게 된다. 몸을 기반基盤해서 정신의 각성覺醒도 일어난다. 남루한 이 몸, 이대로 고맙다.

아! 날은 춥고 어두운데 빈 나뭇가지에 포근한 눈송이라도 내렸으면 좋겠다.

* 사념처(四念處) : 마음을 한곳에 집중하여 잡념 망상을 막고 진리를 체득하는 네 가지 수행법. ① 신념처(身念處) ; 육신은 부정(不淨)하다고 관(觀)함. ② 수념처(受念處) ; 감수작용은 모두 고(苦)라고 관함. ③ 심념처(心念處) ; 심(心)은 무상하다고 관함. ④ 법념처(法念處) ; 일체 존재는 무아(無我)라고 관함.

냉장고의 눈물

얼마 전부터 냉장고 문 아래에 물이 고이기 시작했다.

별 생각 없이 닦고 말았는데 그 후로도 찔끔찔끔 물이 흘렀다.

제사를 며칠 앞두고 서비스센터 사람을 불렀다.

냉각기의 수명이 다했다는 것이다.

무생물도 떠날 때는 눈물을 흘리는가?

친절한 기사는 냉동칸 서리꽃을 걷어내고 임시변통을 해주고 돌아갔다.

며칠 전부터 잔신경이 쓰이던 제사를 무사히 치르도록, 그 놈은 제 기능을 다 해주었다. 얼마나 힘에 부쳤을까?

둔중한 몸으로 태산을 오르는 듯 숨 가쁜 호흡이 느껴졌다.

1998년 가을 이곳으로 이사 올 때 들여놓은 것이니 근 20년을 바라본다.

어느 결엔가 내 숨결도 예전 같지 않다. 그러고 보니 몸 안에서 누수현상이 일어나는 건 저만이 아니었다.

요즘 들어 눈에 닿는 대상마다, 경계마다 부르지도 않은 눈물이 따라온다. 내 의지와는 상관없이 일어나는 누수현상.

까닭 모를 이 눈물의 정체는 무엇이란 말인가?

2층 창문을 뜯고 육중한 몸체가 들어온 것처럼 그의 관도 그렇게 나갈 것이다.

거기에서 내 모습을 상상하는 것은 어렵지 않은 일이었다.

데미지
— 사랑은 허구가 아닐까?

마트에서 산 봉지를 들고 낙엽 길을 따라 걷고 있는데 한 남자가 내 앞을 지나쳐 간다. 꽁지머리에 편한 차림을 한 그의 손에도 봉지가 들려 있다. 왠지 자유롭게 느껴지는 그의 발걸음이 어느새 나를 영화 〈데미지〉의 한 장면으로 이끄는 것이었다.

한 여자를 사랑하고 모든 것을 잃은 남자. 그는 장차 며느리가 될 여자의 시아버지였다. 불륜의 막장 신은 파국이었다. 꽂혀 있는 열쇠로 방문을 열고 들어선 아들 마틴의 눈에 펼쳐진 정사 장면, 그는 뒷걸음질치다가 이층 난간에서 추락사하고 만다.

가족과 동료를 위해 장관직에서 사임을 발표한 스티븐은 철저히 홀로였다. 냉정하리만치 이성적이며 한 치의 실수도 없이 살아온, 그래서 더 이상 부러울 것이 없었던 남자의 몰락. 무엇이 그를 파멸로 이끌어 들였을까?

어느새 은발이 되어버린 스티븐(제레미 아이언스)은 고무줄 바지에 샌들을 신고 돌길에 긴 그림자를 앞세우며 천천히 걷고 있었다. 그의 손에도 일용할 양식이 담긴 망태가 들려 있었다. 뒤쫓고 있는 내게 내레이션을 겸한 그의 낮은 음성이 들려왔다.

> "난 아주 짧은 시간 안에 세상에서 물러났다./ 난 내 인생을 찾을 때까지 떠돌아다녔다./ 인생은 이해할 수 있는 것도, 알 수 있는 것도 아니다./ 우리는 알지 못하는 감정 때문에 사랑에 빠진다……."

그는 자기 인생을 찾았을까? '누구든 걸음걸이를 보면 그가 자기 길을 찾았는지 알 수 있다'고 니체는 말했는데 그의 걸음은 한없이 스산해 보였다.

나는 이 대사가 생각나서 오랜만에 영화를 DVD로 다시 보았다. 중후한 50대의 지적인 남자, 스티븐과 강렬한 눈빛을 가진 20대의 묘령의 여자, 안나(줄리엣 비노쉬)는 감정이 점층적으로 고조되는 여섯 번의 밀애를 나눈다. 두 사람의 관계에서 열쇠를 쥐고 있는 쪽은 안나였다.

파티 장소에 나타나 스티븐에게 자신의 존재(마틴의 여자친구)를 굳이 알린 것도 안나였고, 전화로 집 주소를 알려주고 그를 유혹한 것도 안나였다. 마지막 정사도 안나가 스티븐에게 주소와 열쇠가 담긴 등기 봉투를 보낸 뒤였다. 유혹과 충동, 그들은 브레이

크가 고장난 자동차 같았다.

안나의 집을 방문한 첫날, 복도 끝에서부터 긴장하며 들어선 수트 차림의 스티븐. 그런가 하면 순백의 고전미가 넘치는 흰 블라우스와 검정 스커트 차림의 안나는 마치 엄중한 제의라도 앞둔 사람처럼 경건한 표정이더니 스티븐을 보자 침대 끝에서 말없이 바닥으로 스르르 미끄러져 내리면서 두 팔을 크게 벌려 남자를 갈구하는 열망을 보인다. 두 몸은 땅바닥에서 오직 몸으로만 소통한다. 군살 없이 절제된 남자의 몸에서 탄성이 정점을 찍었다. '아하' 하는 두 음절을 빼고는 남자가 돌아갈 때까지 대사는 한마디도 없었다.

며칠 뒤 가족모임이 끝난 자리에서 아들의 차를 뒤따라온 스티븐은 아들이 돌아갈 때까지 차 안에 숨어 초조하게 기다린다. 넥타이부터 풀어헤치며 들어선 스티븐.

"뭔가 해결책을 찾아야 해. 널 안고 싶었어."

세 번째 정사 신은 파리의 어느 골목 안에서였다. 브루셀에서 새벽기차로 달려와 루테티아 호텔에서 마틴과 묵고 있던 안나를 불러낸 것이다.

"널 갖고 싶었어. 너 외엔 아무것도 안 보여."

같은 호텔에 투숙한 그는 맞은편 룸에서 아들과 안나의 다정한 모습을 지켜본다. 침대에 몸을 활처럼 굽히고 엎드려 괴로워하는 모습은 비통하리만치 슬퍼보였다. 그 뒤 스티븐은 안나를 공원으로 불러내어 아내와 헤어지겠다며 마틴과도 헤어지라고 말한다.

"아들을 잃고 싶으세요. 가족을 잃고 싶으세요. 함께 살아도 그걸 원할까요? 전 이대로가 좋아요." 안나의 대답이었다.

약속된 목요일 오후 5시, 안나의 집을 찾았는데 손님인 피터가 와 있었다. 하는 수 없이 스티븐은 핑계거리로 책을 받아 들고 거리로 나왔다. 그가 돌아갈 때까지 골목에 숨어서 초조하게 기다리는 모습은 더 이상 스티븐 의원의 모습이 아니었다.

"그 자는 누구야?" 험한 질투의 눈빛으로 다그친다. 그녀의 숨김없는 고백이 진술된다. 15살 때, 남자친구인 피터와 작별 키스하는 걸 2층에서 지켜본 오빠가 "그 놈이랑 자면 절대 안 돼 그럼 우린 끝장이야" 하면서 그날 밤 동침을 요구해왔다. 오빠를 내쫓고 방문을 잠그고 잠이 들었는데 밖에서 울음소리가 나고 소란스러워서 아침에 나가보니 오빠가 손목을 끊었다고 했다.

"2층에서 전 그래야만 했어요. 피 묻은 잠옷을 입은 채 피터에게 절 가지라구 애원했어요." 오열하는 안나를 스티븐은 격하게 당겨 안는다. 그날 밤 전라의 두 사람은 한 덩어리의 태극처럼 엉겨 붙어 서로의 상처를 핥듯 격한 율동을 되풀이한다. 로댕의 작품을 보는 듯했다. 누벨바그를 대표하는 프랑스의 감독 루이 말은 에로스를 포르노로 다루지 않았다. 심리적 자극으로 고조되어 밀도를 더해 가는 성애性愛 장면은 '금기禁忌'에 대한, 그것을 넘어서려는 선망과 위반으로 돌출된다.

"모든 광기는 어떤 혼란스런 성적 욕망에 뿌리를 둔다"는 미셸 푸코의 말이 아니더라도 욕망은 혼란스러운 마음과 연계되며 에로스性愛는 심리적 기반 위에서 이루어진다. 이것이 동물의 성행위와는 또 다른 인간의 에로티시즘일 것이다.

'우리는 알지 못하는 감정 때문에 사랑에 빠진다'는 스티븐의 말을 나는 우리는 알 수 없는 감정 때문에 제 발로 수렁에 빠진다로 고쳐 쓰고 싶다. 큐피드의 화살에 맞은 듯, 무엇인가에 한번 점화되면 그 불꽃의 속성은 꺼질 때까지 마지막을 향해 달린다.

"당신과 함께 할 수 없다면 제가 마틴과 결혼할 것 같아요?"

안나의 말에서 용서할 수 없는 이 사건의 실마리를 찾을 수 있지 않을까 싶었다. 그녀가 스티븐을 끝까지 놓아주지 않은 이유는 죽은 친오빠와 꼭 닮은 마틴에게 오빠를 투사시키고 마틴의 아버지 스티븐을 끌어들임으로써 부적절한 관계를 통해 오빠와의 금지된 사랑을 투사, 전이시키고 있는 게 아닌가 싶었다. 이것은 자신도 모르는 마음에서 일어나는 그림자의 투사현상이다.

투사란 어떤 대상에 대하여 강력한 감정반응을 일으키고 자아가 그 대상에 집착함을 말한다. 스티븐이 요구하거나 부를 때에 거절하지 않고 심지어 마틴과 함께 있다가도 뛰쳐나가는 안나의 집착은 동침을 요구하던 오빠의 자살이 남긴 고통스런 죄의식에서 벗어나고자 한 무의식적 반응은 아니었을까 짐작해본다.

양가의 상견례가 있던 날, 눈치 빠른 사부인에게 경고를 받은 스티븐은 전화로 안나에게 "너를 놓아 주겠어" 그리고 마틴을 찾아가 "너희 둘을 진심으로 축하해주러 왔다"고 어려운 결심을 했는데 (여기서 멈췄으면 얼마나 좋았을까) 그러나 안나의 새 집 주소와 열쇠가 당도하자 결심을 제치고 스티븐의 몸이 먼저 달려 나간다. 전속력으로 질주하던 고장난 자동차는 결국 그녀의 오빠를 쏙 빼닮은 마틴을 죽이고서야 멈춰 섰다. 알몸으로 뛰쳐나와 죽은 아들을 안고 오열하는 스티븐. 안나는 이층에서 침착하게 내려와 그들에게 싸늘한 시선을 던지며 밖으로 유유히 사라진다. 오빠를 안고 피범벅이 되어 울던 어릴적 자신의 모습을 보았던 것일까? 어쩌면 안나는 마틴과 스티븐을 그들 자체로 사랑한 것이 아닐지도 모른다. 두 사람의 관계를 통해 오빠와의 금지된 사랑을 다시 경험함으로써 그것을 넘어보려는 즉 트라우마를 통해 자신의 상처를 봉합하려는 자기 방어적 본능이 아니었을까 생각한다.

'상처 입은 사람은 위험하다며 살아갈 방법을 알고 있다'는 의미심장한 그녀의 말을 자꾸만 되씹게 된다. 인간의 종種이란 이렇게도 이기적인가 싶다.

안나가 피터와 정상적인 결혼으로 아이까지 낳고 평범한 일상으로 돌아오기까지의 긴 여정은 그러니까 자기 이상심리의 신경증적 방황의 시간이었다고 볼 수 있다. 지나고 보면 그것은 신기루처럼 허망한 악몽이었을지도 모른다. 한편 기이한 것에 이끌린 스티븐은 자기의 정체성을 찾아 성性에서 방황했던 시간이 아니었을까?

성애로서의 사랑, 에로스는 “정신적 결속감과는 상관없이 오로지 ‘관능적 경탄’의 감정으로부터 출발한다”는 마광수의 일구(「성애론」)를 빌려오자면 ‘사랑은 허구가 아닐까?’ 하는 생각이 들었다. 몸이 추구하는 것은 상대가 아니라 자신에게 귀속된 감정이었다. 결국엔 한 몸에 두 얼굴인 야누스처럼 지향점이 서로 다른 두 사람이었다. 나눌 수 없는 상처를 지닌 사람은 모두 혼자다. 개체로서의 근원적 고독이다.

“그녀는 다른 줄 알았는데 누구와도 다르지 않았다”는 스티븐의 마지막 내레이션은 나를 잠시 서글프게 하였다. 인간은 어떤 존재인가를 영화는 다시 묻게 만든다.

가을이 한층 깊었다. 광합성光合成이 끝난 나무들처럼, 푸르름이 사라진 이 몸에도 가을 물이 들었다. 그것으로 되었다. 내가 몸에게 건네고 싶은 말이었다.

사드 후작에 관하여

— 일본 작가의 '마르키 드 사드'를 읽고

일본인 문학평론가 고노 에이지鴻農映二는 여섯 번에 걸쳐 『수필시대』에 「일본 작가와 마르키 드 사드에 관한」 연재를 마쳤다. 그는 왜 18세기의 그것도 악명 높은 작가에 관해 지금 언급해야만 했을까? 간단히 말하자면 여자가 강해지고, 구시대의 여성다운 여성이 사라지면 사라질수록 사회에 사드의 작품을 읽고 싶은 기운이 거세지는 때문이라고 그 소회를 결미에 밝혔지만 그것만으로는 성에 차지 않는다. 그래서였을까? 저자는 무대에 직접 나서지 않고, 내레이터를 겸한 연출가로서 여섯 명의 작가를 등장시켜 그들로 하여금 사드의 한 부분씩을 떠맡게 해 마르키 드 사드라는 인물을 봉합, 재창출해낸다. 그러니까 그의 연출 의도가 바로 '왜 사드를 언급해야 하는가'에 대한 답안이라고도 할 수 있겠다.

프랑스의 소설가인 사드1740~1814는 통칭 마르키 드 사드

marquis de sade라고 부른다. 연보를 보면 24세에 기병대 대위로 예편한 뒤 결혼. 음란행위죄로 체포되어 감옥에 유폐. 로즈켈러로부터 매질을 당했다고 고발당하며, 마르세이유 창녀들과의 집단 음란행위, 자극제를 독약으로 오인한 창녀들이 사드를 고발하자, 이탈리아로 탈출, 사형 언도 내려짐. 다시 체포되어 요새에 유폐됨. 탈출과 투옥으로 얼룩진 그의 생애 3분의 1 이상을 그는 감옥에서 지냈으며 그곳에서 왕성한 의욕으로 창작활동을 했다. 옥중에서『소돔 120일』이란 책을 써냈다. 460가지에 이르는 성도착증을 씀으로써 자신의 과격한 변태성욕을 만족시켰다고 말했다. 한때는 혁명세력에 가담하여 정치운동에 나섰으나 반혁명 용의자로 다시 투옥되고 나폴레옹 체제 하에서는 필화사건을 초래했다. 파리의 샤랑통 생 모리스 정신병원에서 74세의 나이로 생을 마감했다.

그는 유언장에 '내 이름을 영원히 세상 사람들의 기억에서 말살하라'고 적었다. 그러나 오랫동안 묵살되었던 그의 작품은 19세기 낭만주의자들에게 영감의 원천이 되었고, 20세기에 들어와 아폴리네르를 필두로 한 시인들에 의해 그의 명예는 회복되고 1차대전 후의 쉬르레알리즘 시인들에 의해 수호신으로 받들어졌다. 그들은 '사드가 연구대상이 될 시대가 곧 도래할 것'이라고 예언했다. 그 예언은 빗나가지 않았다. 사드를 로망주의의 선구자로 보는 문학사가도 있는가 하면 성性 본능에 대한 날카로운 관찰을 시도함으로써 프로이트 사상의 원조로 생각하는 철학자들도 있었다.

조르쥬 바타이유, 부르통, 카뮈, 시몬느 드 보부아르, 크로소우스키, 파르트 등이 주목할 만한『사드론』을 세상에 내놓았다. 실존주의자들에 의해서도 그는 여러 각도로 다시 논의되기도 했었다. 일본 작가들도 사드를 주목하기 시작했다. 시부사와 다츠히코의 번역에 의해서다. 책을 번역한 그녀는 외설죄로 고소 당하고 문학자들이 법원에서 시부사와를 옹호하는 시끌벅적한 일이 벌어졌다. 그 무렵 우리나라에서는 정비석의『자유부인』이 세간에 물의를 일으켰고 영국에서는 D H 로렌스를 법정에 세웠다. 그러나 지금은 어떠한가? 법정에서 싸울 의미조차 없어져 버린 시대가 되지 않았는가.

1857년 보들레드가『악의 꽃』을 출판했을 때도 프랑스정부는 '외설적인 사실주의로 인해 성욕을 자극하고 있으며 수치심으로 인해 감정을 상하게 하는 작품을 썼다'고 그에게 유죄판결을 내렸다. 아폴리네르는 보들레르의 금지된 작품들에 관해 '풍속의 영역에 속하는 것을 자유롭게 표현하는 것, 한 작가에게 이보다 더 큰 용기는 없다'고 평가했다. 아폴리네르가 20세기의 시의 윤리를 해방시킨 첫 번째 선구자로 남은 것은 그 자신이 이런 용기를 지니고 있었기 때문일 것이다. 사드도 물론 용기있는 사람이다. 사디즘의 어원을 낳게 한 그는 악마적인 가학자이기만한 것일까? 그렇다면 고노 에이지의 연재는 무용無用한 것이 되고 만다. 사드의 유용성을 찾아내는 것이 필자의 진정한 연출 의도가 아닐까 생각된다. 지금부터 그가 등장시키는 일본 작가들을 만나 사드에 관한 이야기를 들어보자.

1. 이츠키 히로유키五木寛之

『미술비평』 잡지에 여류 소설가 이츠키 히로유키는 「사드의 눈」이라는 평론을 발표했다. 멕시코 영화에 대한 인상이나 초현실주의 화가 달리의 에세이, 쉬르레알리즘과 사드에 관한 고찰을 콜라주로 구성한 매우 전위비평가다운 시도라고 저자는 모두에서 그녀를 소개한다. 그리고 '사디스트의 눈'이 아닌 '사드의 눈'을 가져야 한다는 이츠키의 의견에 전적으로 찬동하며 명답을 피력했다고 상찬했다. 고노 에이지도 '사드의 눈'을 주목했던 것이다. 사드를 사디스트와 구별한다는 것을 도저히 불가능하다고 생각할지 모른다. 그러나 사드는 사디스트를 결정적으로 초월한 존재이며 아폴리네르가 말한 대로 '지금까지 존재한 것 중에서 가장 자유한 정신'이라는 말에 해당될 이성의 괴물이었다고 요약했다. 이츠키는 보부아르의 견해를 다음과 같이 차용하고 있다.

타인을 파괴함으로써 쾌감을 얻는 사디스트와 자신을 타자의 파괴력 속으로 던져 욕망을 실현코자 하는 마조히스트는 결국 같은 차원에 있으면서도 역할이 다르다는 것이다. 마조히스트는 경찰봉이나 양말에 신비한 방사능을 느껴 자신을 무력화시키려고 하지만 사디스트에게는 그러한 물체나 인간까지도 자기 파괴의 무의식적 정서를 만족시키기 위한 하나의 도구에 불과하다는 것. 그들에게 물질에 대한 관계는 어디까지나 내부의 주관적인 정서에 유래한다는 것이다. 그들의 눈은 이른바 상징주의자의 눈이라고 할 수 있으므로 그들 앞에 물질이 적나라한 존재를 나타내는 일은 없을 것이라고 말한다.

「사드를 화형시킬 것인가?」하는 특이한 제목의 '사드론'을 쓴 시몬느 드 보부아르는 또 이렇게 말한다.

> '사드를 유별나게 하는 것은 육肉에 빠지되 헤매지 않고, 육을 실현시키기 위해 애쓰는 어떤 의지적 긴장이다. 그에게 있어 에로티시즘은 의식적 존재의 성행위이며 따라서 에로티시즘은 근본적으로 인간의 의식을 벗어날 수 없다.'

이런 보부아르의 말이 아니더라도 인간의 성적 교합은 생물학적 개념으로서가 아닌 심리학적 개념 위에서 의식의 차원으로 이해되어야 마땅하다. '육肉을 실현시키기 위해 애쓰는 어떤 의지적 긴장.' 아폴리네르가 지적한 '지금까지 존재한 것 중에서 가장 자유한 정신'에 해당될 '이성의 괴물' 이것을 간추리면 '의지'와 '자유', '이성'과 '괴물'이 남는다. 지극히 사드적인 요소다.

『소돔 120일』에서도 그는 자신의 감성을 섞지 않고 사실만을 이야기하는 사람들로 하여금 차분하게 460가지에 이르는 도착증을 묘사한다. 귀족 가문의 한 소녀가 가해적 피해망상자들의 표적이 되는 「쥐스틴, 또는 미덕의 재앙」 같은 끔직한 작품도 아주 점잖은 문체로 쓰고 있다.

알베르 카뮈도 이 점에 대해 18세기 프랑스 문학에서 마르키 드 사드의 우아한 문장은 뺄 수가 없다. 그러나 그의 문장은 수치심으로 넘쳐 있다고 언급했다. 「사드 후작」을 희곡으로 발표한 미시마 유키오 역시 가장 비열하고 부도덕한 것을 우아한 말로 대화하도록 했다고 밝혔다. 신문기자 빌테르크가 사드의 작품 「사랑의 범죄들」에 대해 혹평했을 때에도 미시마는 '재미로라도 절대로 입에 올려서는 안 되는 풍속들을 다룬 추악한 책의 작가가 아니며 자신은 부도덕한 책은 결코 쓴 적이 없었고 앞으로도 쓰지 않을 것임을 천명했다'고 그는 덧붙였다.

『사드론』을 쓴 앙드레 부르통과 함께 국제 초현실주의연구소에서 활동한 예술비평가이자 소설가인 알렉상드리앙은 '사드가 간교하다고 비난하기를 서둘러선 안 된다'고 말한다. 여기서 사디스트의 눈과 사드의 눈이 구별된다는 이츠키의 글을 읽어보자.

사드는 그 냉철한 이성의 조사照射를 자기 내부에 집중시키고 흉포한 의지를 차디찬 논리로 관철한다. 그 결과 파괴의 충동이 어떤 견고한 벽에 부딪쳐도 그 충격을 굴종과 슬쩍 바꿔치고 만족시켜야 할 퇴로는 끊어진다는 것이다. 맹목적인 충동에 조종당하고 행동의 주체성을 상실하는 사디스트를 넘어 사드는 폭력적인 논리를 조종하고 대상의 레디메이드의 가치와 권위를 박탈하고, 신비적인 마력 같은 것을 무시하고 홍소哄笑한다는 것이다. 자신의 내부로 집중된 냉철한 이성, 흉포한 의지를 차디찬 논리로 관철하는 사드의 시선, 그것이 교회와 신을 향할 때 그는 완전히 전투적인 무신론자로서 '신의 관념은 인류에 있어서 용서할 수 없는 유일한 과오'라고 썼다. 그 시선이 사회와 법률로 바뀌면 30년 가까운 옥중생활 속에서 그는 절대왕권제도와 사형을 계속 탄핵했던 것이다. 이츠키는 에세이의 결미에서 사드를 이렇게 요약했다.

> "우리가 사드에게서 구한 것은 그의 철학은 아니었을 것이다. 그것은 그가 최초로 획득한 그 시선의 폭력적인 파괴력과 내부의 흉악한 충동의 퇴로를 끊은 그 강인한 이성이다. 인텔리겐차, 정치, 인종, 과학, 모랄, 예술 등으로부터 그것들과 관련된 관념성과 권위주의, 마조히즘과 패티시즘 그밖에 베일을 철저하게 파괴하기 위해 우리에게는 그것이 필요하다."

말하자면 폭력적인 그의 비평정신을 이츠키는 강조했다. 그녀는 '사드의 눈'을 얻었다고 할 만하다.

2. 시부사와 다츠히코澁澤龍彦

동경대에서 프랑스 문학을 전공한 시부사와는 1983년『사드 후작의 생애』라는 책을 펴냈다. 사드 전문가가 된 그녀는 자칭 에세이스트로서 기회가 있을 때마다 사드에 관한 사소한 이야기를 소개했다. 그녀는 하찮은 '베개'를 가지고 사드의 습관에 대해서 이야기한다.

사드가 반센느에서 바스티유 감옥으로 이송될 때, 자기의 큰 베개를 가지고 간다는 것이 말썽이 된 일화다. 머리를 높게 하고 자지 않으면 그는 현기증이 나거나 코피가 나왔기에 언제나 큰 베개가 필요했다. 별로 위험하지도 않은 베개 한 개를 가지고 가려고 했을 때, 그는 마치 국사범들의 리스트를 훔치려고 하는 듯한 취급을 당했다. 이송이 된 후 그는 베개를 빼앗긴 대신 두꺼운 판자를 네 개 정도 빌려달라고 공손하게 부탁했는데 미친놈 취급을 당한 것이다. 경찰관이 와서 말하기를 머리를 높게 하고 자는 것은 '관례'가 아니라고 하였다. (몸의 생리는 비관례적이라는 것을 그는 속으로 항변하고 싶었을 것이다.) 사드는 아내에게 보낸 편지에서 '만약 중국에서 이런 일이 일어나고 있다고 들으면 민감하고 동정심이 넘치는 우리 프랑스인은 즉시 외칠 것이다. 아 얼마나 야만적인 사람들일까?'라고.

사드는 루이 왕조 말기의 위선이 만연된 사회를 이렇게 야유했던 것이다. 시부사와는 '고작 베개 정도로 소동을 벌이는 것은 매우 유치하고 우스꽝스럽지만 습관이라는 것은 원래 보수적인 것이며 사드는 자기의 습관, 자기가 선택한 생활양식을 변경 당하는 것을 아주 싫어했던 것'이라고 쓰고 있다. 사실 베개만큼 우리들의 습관적인 감각과 긴밀하게 밀착되어 있는 것도 없다. 사소한 소품으로 그의 감각 내지는 생리적 습관을 포착해내는 시부사와는 사드 전문가답다. 그는 사드의 '베개'로 그의 체온을 얻었다고 할 만하다.

3. 후지모토 히토미藤本ひとみ

후지모토는 아예 소설『후작 사드』를 써냈다. 사드 후작이 살던 라 코스트의 구거성을 찾아간 그녀는 폐허가 된 무너진 벽 앞에서 "어떻게 달라졌을까요, 그 성은. 나의 작은 정원에는 아직도 나의 시대의 여운이 있을까요?"라던 사드의 목소리를 떠올린다.

사드의 연구자 랠리는 이곳을 방문했을 때 '공중에 사드의 심장이 출현하는 것을 봤다는데 나는 보지 못했다. 재능의 부족인지, 애정의 결여 때문인지'라고 적고 있다. 후지모토는 사드가 살던 성뿐만 아니라 그가 수감된 감옥도 방문했다. 아주 좁은 공간 돌 마루에 둥근 구멍이 있을 뿐, '이러면 쭈그리고 앉지도 못하잖아요?' 그녀가 묻자 '등을 돌리고 들어가고 구멍에 배설구를 대고 앉아버린 뒤 양발을 올리고 간수가 문을 닫으면 그 문에 걸게 한다'는 안내원의 답을 듣고는 그저 먹먹하기만 했다는 그녀의 가슴.

후작 사드는 말년에 치질 때문에 고생했다. 그 원인은 오랜 동안의 동성연애와 항문자위 때문이라고 하는데 이 화장실도 그 원인의 하나였을지도 모른다고 그녀는 마음 아파하고 있다. 시대를 넘어선 살가운 육친의 정이 느껴진다. 후지모토는 그의 마음을 얻었다고 할 만하다.

4. 미시마 유키오三島由紀夫

미시마의 사드 취미는 그 연원이 깊다. 이제부터는 남성작가의 등장이다. 3 대 3의 공정성을 견지하고 있다. 미시마는 소년시절 「옥중기」에서 그의 이름을 처음 본 순간부터 사드란 이름이 그의 마음을 떠나지 않았다고 술회한다. 미사마의 자전적 소설 『가면의 고백』에는 '사드의 작품에 대해서는 아직 몰랐던 나'라는 말이 나오고 『금색禁色』에는 '배덕의 태만은 즉시 그녀를 불행으로 이끌었다'고 예언한 사드의 소설 『줄리에트』의 히로인처럼이라는 말이 나온다. 미시마의 명작 『미덕의 비틀거림』은 사드의 『미덕의 불행』으로부터 직접 힌트를 얻은 것이다.

미시마도 직접 『사드 후작 부인』이라는 제목의 희곡을 발표했다. 미시마의 작품 의도는 '가장 비열, 가장 외설, 가장 잔혹. 가장 부도덕, 가장 더러운 일들을 가장 우아한 말로 이야기하게 하는 것'이었다고 밝혔다. 『사드 후작 부인』에서 루네는 감옥에 있는 남편 알폰소를 꺼내려고 애쓴다. 그러자 그의 어머니 몽트루이유는 딸에게 '너도 마음속으로는 (그를) 새장에 갇힌 새로 만들고 싶은 거야. 솔직히 말해봐. 나오면 당장 너를 불행하게 할텐데?' 루네는 그 사람을 꼭 자유의 몸으로 해드리고 싶어요'라고 말한다. 딸의 정직하지 못한 위선을 그의 어머니가 꼬집는다. 루네는 정숙을 가장하며 계속 부인한다. 가장 비열함과 우아함. 부도덕함과 정숙함, 모녀의 대화가 그것들을 대변한다. 감옥과 자유, 위선과 진실. 마시마는 이중적 구조의 그 양면성을 주목한다.

1949년에 발표한 그의 자전적 소설 『가면의 고백』에서 미시마는 작중 인물을 통해 나는 아름답게 죽고 싶었는데도 죽음에게 거부를 당했다. 그래서 패전(2차 세계대전) 때문에 살아남았다는 것은 자신으로서는 생애 최대의 좌절이었다. '저 천연스럽고 자연스러운 자살(전쟁에 의한 죽음)의 희망이 사라진 다음(패전)에 오는 지루한 일상뿐, 그 어디에서도 존재하지 못하는 맨 얼굴의 영혼을 말했던 작가는 이후 거꾸로 가면을 쓰고 철저하게 나를 죽여나간다고 고백했다. 『가면의 고백』은 이른바 보들레르의 사형수이면서 사형집행인이 되려고 한다'는 굳은 각오를 차용한다. 기성의 모든 가치를 부정하고 철저하게 파괴하려는 사드의 강력한 정신 속에서 미시마는 혁명기의 악마적인 그의 에너지 분출에 점화되었던 것이 아닐까? 결국 미시마는 자살로 생을 마감하고 말았다. 사회의 모순과 인간의 이중성, 운명의 한계를 고발하는 데 있어 미시마는 사드의 입을 빌렸다. 그의 입을 얻었다고 할 만하다.

5.엔도 슈사쿠遠藤周作

프랑스에서 유학하고 3년 만에 돌아온 엔도는 사드에 관한 소설을 1년 동안 잡지『분가크카이文學界』에 연재했다.

고노 에이지는『당신도 역시』이 소설만큼 일본인과 사드와의 거리를 잘 설명하고 묘사한 작품은 없다고 말한다. 그러나 사드에 대한 것이라기보다는 '다나카'라는 작중 인물을 통해 외국문학자들의 고충과 입장을 밝히고 있어 엔도 슈사쿠만 보일 따름이다. 작중 인물인 '다나카'는 모교의 전임강사인 후배에게 밀리자 소르본느 대학으로 유학을 와 '사드'라는 작가를 공부한다. 작중 인물들의 설전이 두드러진다.

마나베는 "대체 외국문학자라는 것이 어떤 것들이냐? 당신들과 문학 사이에는 어떤 관계가 성립되어 있는 것인가? 한번도 문학에 목숨을 건 적이 없으면서, 창작을 안 하는 사람이 창작하는 사람의 슬픔이나 괴로움을 알 리가 없잖소?"라고 묻는다.

다나카 — "창작 좋아하시네요. 하잘 것 없는 작품을 쓰면서 그것도 창작입니까? 그래서 나는 이 나라의 걸작을 번역하려는 겁니다."

마나베 — "피가 흐르고 있는 인간의 말을 구관조처럼 흉내내는 게 번역이라는 셈이군요. 그렇다면 외국문학자는 구관조로군요."

다나카는 사드가 자신과는 사생활에서도 정신면에서도 너무나 거리가 있는 적절하지 않는 인물임에도 불구하고 사드를 선택했는데 왜 그랬을까를 반문한다. 그 까닭은 공리적인 이유 때문이라는 것이다. 일본에서는 18세기 문학의 연구와 사드의 작품은 미개척 분야이기 때문에 독점욕으로 사드를 손안에 잡고 있다는 정직한 이유에서였다. 흔히 외국문학자는 본인이 연구대상으로 선택한 작가를 통해 자신의 이야기를 한다고 하는데 그 선택한 대상 때문에 괴로움을 당하기도 하고 그 대상(엔도와 사드)과의 대립으로 자기를 조금씩 발견해간다는 것이다.

실제로 나는 이 나라에서 사드를 연구하면서 사드가 나와는 아무 관계도 없다는 사실을 고민하고 있지 않는가? 자신과는 완전히 이질적이며 대립되는 상대를 눈앞에 두고 두 사람 간의 어쩔 수 없는 거리와 자신의 열등함을 맛보면서도 계속 그 상대와 격투하는 사람을 외국문학자라고 부른다는 것이다. 사드와 그는 먼 거리에 있었다. 그래서 나는 사드를 선택하고 연구하는 보람이 있는 것이다. 여기까지 생각이 미친 다나카는 '구원받은 것 같은 느낌이 든다'고 썼다. 이질적이며 잘 맞지 않는 상대와의 격투가 과연 구원일 수 있을까?

그러나 엔도는 결미에서 이렇게 밝히고 있다.

> '자신이 선택한 대상 때문에 괴로움을 당하기도 하고 그 대상과의 대립으로 자기를 조금씩 발견해 간다는 것이다.'

그러니까 그 격투는 다나카의 아이덴티티 확립을 위한 도구로서의 역할을 담당한 셈이라고나 할까. 그러므로 엔도는 사드라는 거울을 얻었다고 할 만하다.

6. 가라타니 고진柄谷行人

문학비평가 가라타니 고진은 1972년 「사드의 자연개념에 관한 노트」라는 글을 발표했다. 고진은 사드의 작품 『규방철학』과 관련하여 그의 안티 크리스트적인 부분을 언급하고 있다. 첫째, 사드의 선악기준은 그 사회의 습관과 관계되며 통용되는 장소가 각기 다르더라도 선악 그 자체를 부정하는 일은 되지 못한다. 둘째, 사드는 도덕의 근거를 자연법칙에서 찾으려고 한다는 것이다. 특히 악덕을 자연법칙의 다른 행위로 보았던 것이다.

'자연에서 보면 미덕도 악덕도 차이는 없다. 단지 자연과정이 있을 뿐'이라는 가라타니는 일찍이 그에게 문학평론상을 안겨준 「의식과 자연」에 의거 노자의 『도덕경』을 차용한 것으로 보인다.

『도덕경』은 유무有無로써 도道의 실재와 그 작용을 설명한다. 무無는 유有를 통해서 자신의 본성을 현현케 하고, 유는 무에 의해서 자신의 현상적 활동과 그 왕래를 전개할 수 있다. 유무는 다른 것이면서 동시에 체體와 용用으로 동거하는 상관적 차이로서의 자연과 유사하다. 따라서 이 세계의 현상은 상대적으로 존재하며 절대적인 것은 하나도 없다. 그러므로 악이 있으면 선이 있다. 노자는 악惡을 싸워야 할 투쟁의 대상으로 보지 말 것을 종용한다. 악은 선善이 분비한 자기의 다른 모습이기 때문이다. 그리고 선善은 다 악惡을 회임하고 있다는 것이 노자의 견해였다. 거대한 눈으로 본다면 자연에서는 미추와 선악과 생사가 둘이 아니다. 체體=道로서는 하나이되 그 작용用으로서 갈라지는 양태, 즉 쾌락과 고통, 가학과 희열, 구속과 자유, 베를렌느의 '황홀과 불안' 등을 주목한 것 같다. 그러나 가라타니의 진단은 사드에게 직접 확인해 보지 않으면 안 될 것 같다. 왜냐하면 '고통과 쾌락'을 동일선상에서 본 것은 마음의 인식작용이지 우주 본체로서의 도道와는 구별하여야 하기 때문이다.

다음은 '사드의 자연개념'에 관한 가라타니 고진의 견해를 들어보기로 하자.

사드의 논리는 그의 존재의 절대적인 고독, 완전한 우연성을 '류類, 즉 자연의 필연성에 연결시키는 노력에 있다고 할 수 있다. 여기에는 파스칼의 회심回心을 담은 비약이 숨어 있다. 동시대의 여러 가지 자연주의자들과 사드를 구별시키는 점은 이것이다. 개체에 있어 '류類'는 금지로 나타난다. 거기에 있는 심연은 단지 침범만이 넘을 수가 있다. 침범에 의해서만이 개체는 '류類'를 향해 초월한다. 그렇지 않으면 '류類'와 분리된 개체는 우연성과 고독으로 하여금 바싹 말라 존재할 수밖에 없다. 사드에 있어서의 '침범'은 파스칼에 있어서의 '신앙'과 같은 실존적인 비약을 뜻하는 것이다.

사드의 '자연' 개념은 체계적으로 제시됐을 때 아무런 의미도 갖지 않는다. 그것은 아무래도 고래古來로부터 내려온 '존재론'을 바꿔 말한 것에 불과하다. 진부한 것이라고 할 수 있다. 그러나 사드가 완전히 우연적으로 고립된 실존 쪽에 섰다면 그런 객관적인 존재론(자연론)은 이제 성립하지 않는다. 그래서 사드의 주장은 주장으로 내세울 때 허위가 된다는 것이며 사드는 이론가와 같이 말할 때, 단지 궤변을 지껄일 뿐이라고 그는 말한다.

가라타니 고진은 결미에서 다시 말한다.

> '속된 쾌락은 경멸해야 할 것이며, 침범만이 성성聖性을 부여한다. 그런데 사드는 침범의 현실적 가능성을 빼앗겼다. 쓴다는 행위만이 유일한 침범행위였다.'

작가의 투쟁은 그것도 감옥에서 할 수 있는 일이란 쓴다는 행위밖에 무엇이 더 허락되겠는가? 그는 바스티유 감옥에서 『쥐스틴 또는 미덕의 불행』을 썼다. 몰락한 집안의 두 자매 이야기다. 미덕의 화신이라고 할 만한 쥐스틴은 그의 선행에도 불구하고 배신당하며 성적 학대 끝에 비참한 최후를 맞는다. 반대로 악덕의 화신이라고 할 줄리에트는 교묘한 처세술로 현세의 쾌락을 만끽한다. 사드는 "다른 사람에게 별로 만족감을 주지 못하는 서글픈 미덕일랑 팽개쳐 버려라. 악당만이 결국 자유로운 이상, 억압 속에서 움츠리고 살며 악당일 것이라는 의심을 받느니보다는 인간의 기본권을 향유하며 실제로 악당이 되는 편이 훨씬 좋지 않겠냐?"고 반문한다. 또한 그는 줄리에트의 입을 빌려 '악덕은 즐겁고 미덕은 피곤한 것'이라고 피력한다.

'선행善行이란 공덕 따위는 약자에게만 도움이 될 뿐이며, 스스로의 에너지로 살아가고 있는 인간, 자기의 역량만을 운명의 변덕과 대항하는 무기로 삼는 인간에게는 쓸데없는 것'이라던 그의 착잡한 심정에 다가서게 한다.

한 작가를 제대로 이해하기에는 참으로 많은 시간이 필요하다. 이상에서 언급한 여섯 명의 작가로도 물론 부족할지 모른다. 그러나 사드는 사디스트를 결정적으로 초월한 존재이며 아폴리네르가 말한 지금까지 존재한 것 중에서 '가장 자유한 정신'이라는 말에 해당될 '이성의 괴물'이라던 이츠키 히로유키의 언표는 큰 도움이 되었다. 그리고 일찍이 사드를 주목한 미시마 유키오나 가라타니 고진을 통해 얼마쯤은 그를 이해할 수 있었다. 기존의 가치를 부정하고 파괴하려는 젊은 혈기, 혁명기의 그 악마적 에너지를 특히 주목하게 된다.

우리나라에서는 아직 각광받지 못하는 사드가 60여 년 전, 일본 작가에게 이토록 진지한 탐구의 대상이 되다니, 부러운 한편 그들의 열의에 놀라지 않을 수 없었다. "다행이 사드의 옹호론자인 마광수 교수는 사드의 문학은 그것을 수용하는 독자의 태도에 따라 가치 평가가 달라질 수밖에 없다. 그의 소설을 단순한 '변태적 포르노'나 '파렴치의 극치'로 보는 독자들한테는 사드 문학은 오직 정신병자의 추악한 자기 고백으로 끝나버린다. 그러나 인간 심성의 철저한 해부라는 입장에서 그의 작품을 본다면, 우리는 사드의 문학을 기초로 삼아 인간을 고통으로부터 구원할 수 있는 새로운 해결책을 모색할 수 있게 되는 것(문학이론서 『문학과 지성』)"이라고 언급한 바 있다.

우리가 새롭게 사드를 읽어야 하는 까닭은 '모든 것이 허용된다는 것을 납득하기 위해서가 아니라 진실에 대한 관심에 의해서 그렇게 하라'는 알렉상드리앙의 말을 다시 한번 상기하며 이 글의 결미를 맺고자 한다.

사드의 접근방법에 있어 좋은 텍스트를 제공해준 고노 에이지 선생께 감사드린다.

제3장

자연에서 배우다

고엽枯葉

— 그것은 우리들과도 닮은 하나의 노래

저녁을 준비하려고 서성이는데 낯익은 선율이 밀물처럼 조용히 발밑으로 들어온다. 선율을 밟고 선 내 마음이 먼저 젖는다. 이브 몽탕의 〈고엽〉이다. 그의 윤택한 저음의 속삭임, 자크 프레베르Jaeques Prevert, 1900~1977의 서시가 아름답다.

아, 회상해주기 바란다오.
두 사람이 서로 사랑했던 행복한 날들은……
그 무렵에 인생은 덧없이 아름답고
태양도 지금보다 뜨겁게 타오르고 있었다오.

나는 고등학교 2학년 불어 시간에 박순만 선생님한테서 이 노래를 배웠다. 선생님은 줄리에트 그레코의 〈로망스〉와 〈어두운 일요일〉도 가르쳐주셨다. 그 중에서도 나는 〈Les feuilles mortes

枯葉〉에 마음이 흔들렸다. 그 무렵, 불어 시간에 배운 베를렌느의 시 「가을의 노래」가 인생을 낙엽에 견준, 지친 그의 시심이 내 감성 영역 안으로 들어와 '낙엽'에 빠져 있었던 때였다.

'참으로 내사 인생을 저버리고 여기저기 정처 없이 뒹구는 낙엽이란다.' 그의 상흔과 인생을 함께 묶은 패배자라는 의식이 내게도 짙게 배어 있었던 1960년대. 나는 꿈 많은 대학생이었다. 그러나 그것들은 무지개처럼 짧은 환상에 지나지 않았다.

문학에 대한 열정으로 마음이 뜨겁던 나의 20대는 1960년과 맞물린다. 실존주의와 부조리문학이 풍미하던 1960년대의 중심에는 카뮈와 사르트르가 있었다. 일본에서는 태평양전쟁이 종식되면서 패전의 허탈함 속에서 전후작품들이 속출하고 나는 거기에서 다자이 오사무太宰治와 만날 수 있었다.

귀족의 몰락과 퇴폐의 미를 그린 『사양』에서 순수한 영혼의 실패와 패배할 수밖에 없는 작중인물을 통해 결국 우리들 모두는 생의 패배자가 아닐까 하는 생각을 갖게 해주었다. 내 20대의 문학적 센티멘털리즘 속에는 다자이 오사무와 베를렌느가 있었다. 그리고 내가 동경하던 몽파르나스에는 카뮈와 사르트르와 보부아르가 드나들던 '카페 드 플로르'가 있었다. 실존주의자들의 본거지이기도 했으며 작가 장 콕토, 장 주네, 사무엘 베케트, 아폴리네르와 조각가 자코메티, 영화감독 장 드라노아, 시나리오 작가이자 「고엽」의 시인인 자크 프레베르, 무엇보다 노벨문학상 수상 작가인 카뮈가 자주 들렀던 그곳 '카페 드 플로르Cafe de Flore'. 그곳을 다녀온 지도 벌써 16년이나 되었다.

2000년, 퇴직한 남편과 세운 첫 번째 계획은 파리에서 한 달 동안 아무 목적 없이 어슬렁거리며 지내보자는 합의였다. 숙소는 두 군데로 처음 묵었던 곳은 몽파르나스에서 멀지 않은 보지라르라는 곳이었다. 전 세계 예술가들의 파르나시앵, 그 'Montparnasse'를 나 또한 얼마나 그리워하였던가. 몽파르나스 묘지에는 보들레르, 사르트르, 보부아르, 베케트, 모파상, 이오네스코, 생트뵈브, 「슬픔이여 안녕」에서 청순한 모습을 보여주었던 진시버그도 묻혀 있었다.

그곳에 머무는 동안 나는 생 제르맹 데프레에 있는 카페 '플로르'에 자주 갔다. 담배 연기 자욱한 그곳, 대화의 숲에 앉아 지그시 눈을 감고 시간을 거슬러 그들의 예술적 행보를 더듬어본다. 그것만으로도 가슴이 벅차올랐다.

서서히 날이 저물고 카페 안에 실내등이 켜졌다. 바깥 노천 좌석을 선호해 그곳에서 식사를 할 때도 있었다. 딱딱한 돌바닥의 감촉, 어둠이 내 심상에 날개깃을 묻을 때, 형언키 어려운 여러 감정들이 지나갔다. 전화戰禍가 지나간 뒤의 평화 같은 것이라고나 할까. 어떤 날은 거리의 악사가 바로 내 옆에서 〈고엽〉을 연주해 주었다. 멜로디를 따라 노랫말을 음미한다.

나를 사랑하고 있었던 당신
당신을 사랑하고 있었던 나
두 사람은 함께 살고 있었다오
그러나 인생은 조금씩 소리도 없이
서로 사랑하는 사람을 떼어 놓았고
그리고 바다는 맺어지지 않은 모래 위의
연인들의 발자국을 지워버린다오.

머리가 허연 남편도 음악에 집중한다. 인생은 소리도 없이 우리 두 사람을 갈라놓을 테지. 시간이 지난 뒤 모래밭에 그들의 발자국은 남지 않는다네. 그런 부분을 되새기며 "시간"의 소행을 추적해본다. 그 뒤 남편은 〈고엽〉 모음을 내게 선물해주었다. 피아노 연주, 이브 몽탕의 노래, 줄리에트 그레코, 이베트 지로 등의 노래를 모아준 CD는 내 여행용 휴대 목록에 들어간다. 줄리에트 그레코가 노래를 불렀던 곳도 이곳이다. 15살 소녀는 레지스탕스 운동으로 어머니와 언니가 강제노동 수용소에 끌려가 혼자였다. 그녀가 연인과 사별하고 〈고엽〉을 불렀다는 생 제르맹 데프레의 '라 로즈 루즈(빨간 장미)'를 찾아 우리는 뒷골목을 배회하기도 했었다. 20년 전 그녀는 눈에 굵은 아이라인를 넣고 예의 검정 옷으로 서울 호암아트홀에 나타났다. 그때 들은 그레코의 〈고엽〉도 좋았지만, 9년 전 이브 몽탕의 무덤 앞에서 우리가 합창했던 〈고엽〉

은 더욱 잊을 수 없는 추억이다.

수필가 20여 명이 파리문학기행에 나섰다. 점심에 와인을 곁들이고 우리는 페르 라 세즈 묘역으로 향했다. 파리 동쪽에 위치한 약 13만 평 규모의 제일 큰 묘역이다.

샹송 가수 에디트 피아프의 무덤과 대칭을 이룬 자리에 한때 그의 연인이었던 이브 몽탕과 시몬 시뇨레가 누워 있고 불행했던 천재화가 모딜리아니와 들라크루아, 앵그르, 시냐크, 피사로, 꼬로와 도미에가 묻혀 있고 작가로는 알퐁스 도데, 오스카 와일드, 마르셀 프루스트, 발자크, 라퐁텐, 시인 뮈세, 아폴리네르, 몰리에르 등 이곳에 묻힌 예술가들의 이름을 다 열거하자면 한 권의 작은 예술가 인명사전이 될 것 같다.

나는 이브 몽탕의 무덤에 가져간 와인을 뿌렸다. 우리의 풍습대로 무덤에 잔을 친 것이다. 점심 때 먹은 전작의 취기가 발동하여 나는 희곡 전공인 가이드 김 선생에게 〈고엽〉을 신청했다. 그는 망설임 없이 흔쾌히 노래를 불러주었다.

'C'est une chanson qui nous ressemble.'

어느새 나와 합창이 되자 이브 몽탕의 무덤 앞에 모인 우리 일행 말고도 통행자들까지 운집하여 그 노래를 끝까지 경청해주었다. 나 또한 신명을 다해 그 노래를 불렀다.

하늘은 맑고 신록이 푸르른 2007년 5월의 어느 날이었다.

나는 지금 그때의 시간을 밟고, 〈고엽〉의 선율은 강물의 시간으로 내 발밑을 흐르고 있다.

'시간은 강물이어서 나를 휩쓸어 가지만 내가 곧 강'이라는 보르헤스의 말이 떠오른다. 시간은 곧 나이며 어쩌면 75년이란 내 시간도 하나의 환상에 지나지 않는다는 것을 되새기게 한다.

벌써 가라는 가을인가. 거리에 수북이 쌓인 낙엽들. 청소부가 그것들을 부대자루에 쓸어 담을 때, "그것은 우리들과도 닮은 하나의 노래"라는 자크 프레베르의 시구가 자꾸만 나를 겨냥해 울린다.

숲으로 가자

"나무 잎새 져버린 숲으로 가자. 낙엽은 이끼와 돌과 오솔길을 덮고 있다.

시몬 너는 좋으냐, 낙엽 밟는 발자국 소리가……."

프랑스 시인 레미드 구르몽의 「낙엽」을 읊조리며 한창 숲속 길을 걷던 때가 있었다. 나이 육십을 넘어서던 무렵이었다.

'우리도 언젠가는 가련한 낙엽이 되리라' 특히 이 구절을 마음에 담고 나는 발밑의 현재를 잊지 않으려고 애썼다. 그러나 시간은 어느새 훌쩍 낙하落下 직전의 지점으로 나를 데려다놓았다. 여느 때처럼 나는 지금 근린공원의 벚꽃나무 아래에 나와 앉았다. 그동안 수척해진 나무들이 청빈한 수행자처럼 반갑다. 저들처럼 가벼워져야지, 스스로 그런 다짐을 하게 된다.

심란하고 갈 곳 없던 새댁 시절, 나는 아이를 등에 업고 띄엄띄엄 무덤이 있는 동네의 야산 언덕을 자주 올랐다. 양지 바른 무덤 사이에 피어난 오랑캐꽃, 작은 새들의 지저귐, 따뜻한 햇볕과 맑은 공기, 축축하고 깊은 숲 냄새, 얼굴을 가벼이 스치는 바람소리, 숲속에 한참 깃들이다 보면, 근심거리는 어느새 사라지고 창공을 나는 작은 새의 깃털처럼 마음이 가벼워지곤 했다. 숲의 회복력, 자연의 치유력에 은혜를 입게 되는 것이다.

미국의 문학과 콩코드의 초월주의를 이끌었던 에머슨은 결혼한 지 1년 반 만에 신부를 잃고 충동적으로 아내의 무덤을 파헤치기까지 했다. 이장移葬을 통고 받고도 잃어버린 남동생의 무덤 때문에 나는 또 얼마나 큰 자책과 비탄에 빠졌었던가. 에머슨의 슬픔이 남 같지 않았다. 그는 재혼하여 어렵게 얻은 외아들마저 성홍열로 갑자기 잃고 말았다. 비통한 그의 심정을 어디에 견주리. 그때의 심경이 「경험」이라는 에세이에 이렇게 나타나있다.

> "어둠이 전나무의 나뭇가지에 감겨 있듯, 죽음은 살아가는 동안 매순간 우리 눈가에서 사라지지 않는다. 모든 것이 둥둥 떠다니다가 차츰 흐릿해지고 만다."

그러나 에머슨은 자연이라는 경전經典과 만나 자연의 말씀을 경청하더니 비탄에서 빠져나오는 데 그리 오래 걸리지 않았다. 그는 이와 같이 말한다.

"자연은 약藥과 같다. 해로운 일이나 어울림 때문에 망가진 몸과 마음을 원래의 상태로 회복시켜준다. (……) 자연은 영혼을 치유하는 성소聖所다."

그래서 그는 더 이상 슬퍼하지 않았다.

"자연의 아름다움은 자신이 지닌 마음의 아름다움입니다. 자연의 법칙은 곧 마음의 법칙입니다. (……) 그러므로 '너 자신을 알라'는 고대 격언과 '자연을 알라'는 현대 격언은 똑같은 뜻이 되는 것입니다."

그의 명연설을 보는 순간 나는 갑자기 노자가 떠올랐다.

천지天地만유에 앞서 자연의 도道가 있었다. 도에서 천지가 생겼고 만물이 생겼다. 때문에 "사람은 땅을 법法하며, 땅은 하늘을 법法하며, 하늘은 도를 법하고, 도는 자연을 법한다人法地 地法天 天法道 道法自然"는 그의 언급 때문이었다.

'도법자연道法自然' 도는 자연을 본받는다.

결국 사람은 자연을 법하며 자연과 일치하여 자연 그대로가 되는 것이다. 그러고 보면 삶과 죽음 또한 자연인 것이다.

우주만물은 하나에서 나와서 하나로 돌아가는 유기적 변화의 구조라는 것. 현상세계의 만물은 모두 음과 양의 상대적 관계로 존재하며 그 존재의 변화는 원형이정元亨利貞의 네 가지 형식으로 진행된다는 사실을 중국의 복희씨는 하도河圖에서 알아내었다. 이같은 천역天易의 이치를 일 년에 대입해보면 춘하추동이 되고, 인생에 대입하면 생로병사이고 우주에 대입하면 성주괴공이 된다. 우주도 생겨나서 적정기간 머물다가 어느 날인가는 붕괴되어 없어지고 만다고 천체물리학자들은 말한다. 그런 다음 다시 생겨나 순환을 반복한다는 것이다. 그러니 천역天易의 질서 안에서 우리는 자연의 일부로 이미 계절을 극복하고 '가련한 낙엽'을 넘어설 수가 있지 않을까.

'떨어지는 벚꽃. 남아 있는 벚꽃도, 떨어질 벚꽃.'

료칸良寬 선사의 시구詩句로 나는 죽음에로의 선두로 나아간다. 떨어질 벚꽃이기에 현존現存의 경이를 실감하면서.

오늘 따라 잔잔한 바람이 숲의 말씀을 전해온다.

상대적 분별을 버리고 자연과 하나될 때, 합일合一된 그 마음이 무아無我이며 자유라고, 그 점을 일러주신 고타마 붓다는 룸비니 동산 무우수나무 아래에서 태어났고, 보드가야의 보리수나무 아래에서 깨달음을 얻었다. 녹야원 숲속에서 첫 설법을 펼치셨고 쿠시나가라의 사라쌍수나무 아래에서 열반에 들었다. 숲에서 태어나 숲에서 생애를 마감했다.

이 세계 모든 사물과 현상은 인연화합으로 생기生起하며 그 연속적인 생성과 변화 가운데 영속되는 본질은 없다고 설파했던 그분은 80 노구를 이끌고 숲속에서 많은 가르침을 펴셨다.

무한경전의 말씀이 담겨 있는 숲으로 가자.

'서재에서 책을 읽듯 숲이라는 책을 읽을 줄 알게 되면 인생의 새로운 학위가 주어진다'는 에머슨의 충고를 나는 소중히 기억한다.

잠시 눈을 감고 숲의 말씀에 귀를 기울인다.

사람은 나뭇잎과도 흡사한 것.
가을바람이 땅에 낡은 잎을 뿌리면
봄은 새로운 잎으로 숲을 덮는다.

— 마르쿠스 아우렐리우스

새로운 잎이 숲을 덮을 수 있도록, 가을이 봄에게 자리를 내어주듯 나 또한 그러하리라 마음먹는다.

눈앞에 곱게 물든 나무들이 내게 눈인사를 건네온다. 마치 선종善終하는 이의 그것처럼 평화롭고 장엄하다. 나는 발등 아래에 누운 또 하나의 낙엽, 나를 잠시 내려다본다.

낙엽귀근落葉歸根을 생각하게 된다.

자연에서 배우다

며칠 전만 해도 단풍이 곱던 나무들이 어느새 빈 가지로 서 있다.

앙상한 골체骨体는 수의로 몸을 감쌀 때 지켜본 노인의 시신과도 닮아 있다. 그것은 마치 골격만 남겨둔 자코메티의 조각상처럼 원형의 본질이랄까, 육탈肉脫된 몸에서 생명의 시원을 더듬게 한다. 저래 뵈도 저 나무는 살아 있다.

몸속의 수액水液을 온전히 땅으로 되돌리고 빈 몸으로 거뜬하게 겨울을 날 것이다. 그렇게 하지 않으면, 물기 머금은 나뭇가지는 설한풍에 부러지고 말리라. 제 몸의 잎을 죄다 털고 가벼울대로 가벼워진 나목의 지혜가 요즘은 달리 보인다.

겨울산처럼 휴지기休止期를 맞은 우리 내외도 어느새 몸속의 수액을 줄이느라 한 순갈씩 식량食量을 덜어내고 있다.

생명, 그것은 자연의 것이다. 누가 시키지 않아도 스스로 그러한 자연自然, 사람은 자연을 본받는다.

제 밑둥으로 돌아간 낙엽은 어린 생명의 살을 찌우고 혼을 불러내 마침내는 새 잎으로 숲을 이룰 것이다. 만물이 그 근본으로 돌아간다는 것은 본원인 도道의 활동을 뜻한다.

도道는 항상 무위無爲하지만 또한 하지 않음이 없다는 노자의 말씀을 되새겨본다.

무위無爲의 도는 무아無我의 마음과 다르지 않은 것 같다. 무위無爲와 무아無我는 이미 나라고 하는 아상我相의 틀을 벗어난 마음이다.

마음이 자연自然을 닮아 허심자조虛心自照하면 본능의 소유욕이 본성의 존재론적 욕망으로 전환되면서 심물합일心物合一의 경지를 이룬다.

'동쪽 울타리에서 국화꽃 따들고 유연히 남산을 바라본다'는 도연명의 경지가 그와 같은 것이 아닐까.

앞으로 21세기의 사유는 무無와 공空을 생활 속에서 경험하는 것으로부터 출발해야 한다고 말한 하이데커는 '무無의 사유'를 닥쳐올 미래적 사유로 제시한 바 있다.

저 죽은 듯한 나뭇가지들, 해마다 봄 되면 어김없이 피어나는 꽃들은 과연 어디에 들어 있었을까? 없다가도 있고 있으면서 없는, 실상묘유實相妙有의 세계. 그리하여 나는 지금 저 앙상한 나목裸木의 말씀에 귀 기울이고 있다.

화개화락수상한花開花落樹常閑.

꽃이 피거나 꽃이 지거나 나무는 항상 한가롭더라.

시방 나는 그 말씀으로 내 마음의 번잡함을 덜어내고자 한다.

화두

경봉 선사께 받은 화두話頭는 '시삼마是甚麼'였다.

50년 전, 통도사 극락암에서 "예까지 몸뚱이를 끌고 온 이 마음은 무엇인고?"를 물으시며 "이 무엇고?"의 화두를 내려주셨다.

근본 취지도 모르면서 어느 날 나는 애굿게 1,700개 공안公案 중에서 화두 하나를 골라 들었다. 『벽암록』 제45칙의 '만법귀일'의 공안이다.

어떤 스님이 조주 스님에게 물었다.

"만법은 하나로 돌아간다 하는데 그 하나로 어디로 돌아가는 것입니까?"

"나는 청주에 있을 때, 한 벌의 베옷을 만들었는데, 무게가 일곱 근이더라."

나는 조주 스님의 문답에서 세 가지가 궁금했다.

첫째, 만법은 왜 하나로 돌아가는가?

둘째, 돌아가는 그 하나는 어느 곳으로 가는가?

셋째, 조주는 왜 뚱딴지같이 베옷 한 벌의 무게가 일곱 근이라고 했을까?

머리를 굴려 답을 찾지 말고 온몸이 의단疑團과 한 덩어리가 되어 천지허공이 갈라지는 경계를 몸으로 체득해야 비로서 안목이 열린다고 충고한 선지식의 말씀을 상기하면서 자리에 앉곤 했다.

만법귀일萬法歸一 일귀하처一歸何處.

만공 선사도 이 화두로 깨쳤다.

어느 날, 벽에 기대어 서쪽 벽을 바라보던 중 홀연히 벽[空]이 없어지고 눈앞에 일원상一圓相이 나타났다고 했다. 마침 '응관법계성 일체유심조(법계를 관찰할진대 모두가 마음의 지음이라)'를 외우던 중이었다. 그때 두우둥 둥 새벽 종소리가 울려왔다. 한순간에 미망의 경계가 벗겨지고 어두웠던 눈앞이 환하게 열리더라는 것이다.

만법萬法이 만 가지로 벌어짐은 온갖 존재의 차별을 뜻한다. '하나'로 돌아간 '귀일歸一'의 자리는 자취를 감춘 평등의 세계를 지칭하는 것이 아닐까. 모든 것은 연기緣起에 의해서 차별적 현상이 벌어지게 된다.

'만법귀일'의 만萬과 일一, '베옷 한 벌과 일곱 근'의 7과 1은 각기

평등과 차별을 뜻한 것이리라. 그러나 모든 차별이 실체實體 없는 공성空性임을 안다면 일체의 차별이 근원적인 한 가지 이치로 회통된다는 의취가 아닐까 풀이해본다.

이 공안에 송고頌古를 붙인 설두 스님은 "일곱 근 장삼 무게를 몇이나 알까? 이제 서쪽 호수에 던져버렸으니 산승은 장삼이 필요치 않다"고 시치미를 떼었다. 다시 말해도 '서푼어치도 안 된다'는 뜻이다. "그(조주)의 계책에 걸려들었다"고 한 설두 스님의 말씀은 분별에 속지 말라는 뜻이리라.

어영부영 칠십 줄에 들어서니 '일귀하처'의 화두가 더욱 절실해지지 않을 수 없었다. 과연 우리는 어디에서 왔으며, 어디로 가는가? 우주의 기원과 인간의 사후死後가 자못 궁금했다. 1871년 영국의 캘빈 경은 "어쩌면 생명의 씨앗이 운석으로부터 지구에 떨어졌을 수도 있다"는 가능성을 제기했다. 그로부터 100년 뒤 멜버른 북쪽 머치슨이라는 마을에 운석이 폭발해서 작은 조각들이 떨어져 내렸다. 이 운석은 43억 년이나 되었고 거기에 74종의 아미노산이 발견되었다고 한다. 세계적인 고생물학자인 닐 슈빈은 우리 존재의 시원을 137억 년 전, 빅뱅에까지 소급해 올라간다.

'우주의 모든 은하들, 지구의 모든 생물들, 지구에 존재하는 모든 원자와 몸은 깊은 차원에서 서로 연결되어 있다. 이 연결은 137억 년 전, 특이한 한 점點에서 시작된다'고 언급한다.

우리 몸은 물질로만 본다면 원소들을 골라 뒤섞은 혼합물이다. 주로 가벼운 수소로 구성되어 있지만 마그네슘, 철, 코발트 같은 무거운 원소도 적지 않다. 하지만 우주를 탄생시킨 빅뱅은 수소, 헬륨, 리튬의 원소밖에 만들어내지 못했다. 나머지 원소들은 빅뱅 이후 만들어진 별이 최후를 맞는 초신성 폭발 과정에서 생성됐다. 그러니까 우리는 별이 내려준 원소를 먹고 존재하는 것이다. 초신성이 폭발하면 그때 발생한 충격파가 주위에 있던 성간 물질에 전해진다. 그러면 그 성간운星間雲의 밀도가 증가한다. 그 결과 새로운 별의 탄생으로 이어질 중력 수축이 성간운에 유발된다. 성간운에 들어 있던 수소와 헬륨이 뭉쳐서 별이 만들어진다. 거의 모든 별의 내부에서는 수소에서 헬륨이, 헬륨에서 탄소와 산소가 만들어진다. 네온, 마그네슘, 규소, 황 등의 순서로 무거운 원소들이 합성되고 핵융합 반응의 최종 단계에서 드디어 철이 합성된다. 우리의 DNA를 이루는 질소, 치아를 구성하는 칼슘, 혈액의 주요 성분인 철 등의 원자 알갱이 하나하나가 모조리 별의 내부에서 합성됐다는 것이다.

칼 세이건은 『코스모스』에서 '우리들은 별의 자녀'라며 '별들의 기원과 진화와 그 뿌리에서부터 서로 깊은 연관을 맺고 있다'고 쓰고 있다. 아무튼 우리의 몸속에 있는 원자들은 모두 몸속에 들어가기 전에 몇 개의 별을 거쳐서 왔을 것이고 수백만에 이르는 생물들의 일부였을 것이 분명하다고 말한다.

"우리는 우주의 먼지로부터 왔다"는 어디선가 읽었던 글귀가 이해되기 시작했다. 먼지에는 수소, 탄소, 산소, 철도 들어 있다 하니. 오래 전에 죽은 별들이 우주 먼지를 제공해주어 우리는 거기에서 왔으므로 인류는 빅뱅의 아득히 먼 후손이라는 것이다.

빅뱅 전의 상황을 물리학에서는 '진공眞空'이라고 한다. 대폭발이 '가짜 진공' '스칼라장場' 또는 '진공에너지'라고 부르는 어떤 것 때문에 일어났다는 주장도 있다. 모두가 아무것도 없는 무無의 세계에서 불안정성이 나타나도록 해주는 무엇을 뜻하는 말들이다. 없음에서 있음有이 생겨나는 것이 불가능한 것처럼 보이지만 한 때는 없음의 세계였던 곳에서 오늘날 우주가 생겨나는 것은 그런 일이 실제로 가능하다는 증거가 될 수 있다. 무無의 불확실성 때문에 흔들려서 운동이 일어났고, 그러니까 여기에서 유有가 나왔다는 것이다.

"없음無은 천지의 처음을 일컫고, 있음有은 만물의 어머니를 일컫는다"(『도덕경』 제1장)는 노자의 일구가 우리를 일깨운다. 세상의 물건은 만물의 어머니인 유有에서 나왔으며 이 유有는 천지의 비롯함인 무無에서 나왔으므로 결국 도의 근원인 무無로 돌아가는 것이다. 생명이 본래 시작된 곳, 우주의 별로 돌아가는 것이니 역시 '순환'이다. 개체의 입장에서는 생사生死이지만 전체의 입장에서는 순환일 따름이다. 만물은 하나에서 나와 하나로 되돌아간다는 원시반종原始反終, 『주역』의 말씀이 떠올랐다.

그 하나는 무엇인가?

음양이 갈라지기 전의, 대폭발(빅뱅)이 있기 전의 일자一者, 태극이 아닐까 생각된다.

유택幽宅

세상에 존재하지도 않는 사람들을 만나기 위해 나는 수없는 무덤을 찾아다녔다. 늦은 나이에 비행기를 바꿔 타고 대서양을 횡단하면서 그리운 이름을 가슴에 품고 그들의 묘지에 다다르곤 했다. 거기 납작한 대리석 무덤 혹은 우뚝 선 묘비에서 만나게 되는 너무나도 반가운 이름. 보들레르, 마크 트웨인, 유진 오닐, 도스토예프스키, 다자이 오사무, 이백, 도연명 등.

묘지 지도를 손에 들고 헤매 돌던 페르 라셰즈 묘역. 보스턴 콩코드에 위치한 슬리피 할로 묘지. 거기에는 호손이 소로와 함께 누워 있었다. 그런가 하면 보스턴 외곽의 포레스트 힐스 묘역 한 구석에 묻혀 있던 유진 오닐. '미국의 위대한 극작가 유진 오닐이 태어난 곳'이라고 쓰인 동판을 만난 곳은 뉴욕타임스 건물 근처, 브로드웨이와 43번가가 교차되는 언저리였다.

떠돌이 극단배우였던 그의 부모는 이 근처 호텔에서 오닐을 낳았다. 그래서인지 오닐은 집에 대한 애착이 남달랐다. 노벨문학상을 수상한 뒤 샌프란시스코 교외에 '타오[道] 하우스'라는 새 집을 마련하고는 얼마나 기뻐했는지 모른다. 죽기 3년 전 보스턴의 한 절경지에 아름다운 집을 또 마련했으나 병세가 악화되자 집조차 포기해야 했다.

찰스 강이 내려다보이는 셸튼호텔 401호에서 2년 동안 갇혀 지내다 숨을 거두었다. 호텔에서 태어나고 호텔에서 숨을 거둔 그의 유택 앞에 서니 착찹했다. 인생이란 것이 너무도 보잘 것 없어 보였다.

묘표 하나 세우고 떠날 인생. 무덤이 없으면 또 어떠랴 하면서도 도연명의 가묘假墓만을 보고 돌아설 때는 몹시 허전했다. 인생이 여행길이라던 바쇼나 랭보, 김삿갓은 여행길에서 숨졌고, 두보는 배 안에서 죽었다. 돌아보면 또 가엾은 한 사람, '돌팔매에 쫓겨나다시피' 고향을 떠난 일본의 국민시인 이시카와 다쿠보쿠石川啄木. 그는 26세로 생을 마감하기까지 집 없이 떠돌았다. 죽기 8개월 전, 병상에서 자신의 집을 시 속에다 이렇게 지어놓았다.

> 장소는 기찻길에서 멀지 않은 푸근한 고향 마을 변두리 한
> 구석을 골라본다. (……) 서양풍의 산뜻한 목조 건물 한 채.

내가 찾아간 그의 고향 시부타미에는 기념관이 서 있었고, 집은 그의 시詩에서 그린 대로 지어져 있었다. 하얀 목조 건물 한 채. 거기에 단 하루만이라도 그를 살게 할 수 있었다면? 여기에 생각이 미치자 갑자기 눈앞이 뿌옇게 흐려 왔다.

집은 몸을 담는 그릇 그 이상이다. 유택 또한 마찬가지다.

가을

라즈니쉬의 글을 읽다가 "자신을 어떻게 버려야 할지 아는 자만이 어떻게 있어야 할지를 안다"는 구절이 목에 가시처럼 걸렸다. 문득 아버지의 심정이 되짚어져서였다.

그 해도 추석 무렵이었다. 시어른들의 차례를 모시고 이틀 후 아버지를 뵈러 친정에 갔다. 음식을 드시지 않아 걱정이라던 올케의 말을 뒤로 하고 "잘 드셔야지요" 하니까 범상한 얼굴로 고개만 저으셨다. 아버지의 결단을 그때 알아차렸어야 했는데…….

일흔둘의 나이로 세상을 떠나신 아버지의 파란만장한 생애가 눈앞을 스쳤다. 소년등과로 승승장구하던 그 분의 행로는 오래 가지 못했다. 자유당정권의 탄압으로 옷을 일찍 벗어야 했던 아버지는 아끼던 책마저 이사 간 집에 둘 곳이 없어 처분해야 했다. 헌책방에서 책을 구입해 공들여 수선했던 그 손때 묻은 장서들을 없애고 장남까지 앞세워야 했던 아버지. 책을 없앤다는 의미가 어떤 것인지 요즘에서야 절실해진다. 아버지의 심정이 되짚어졌다.

책을 없애고 아들을 잃고 서울대학병원 영안실 앞 잡초더미에 주저앉은 아버지의 모습은 몹시도 낯설었다. 면도하지 않은 채, 허탈한 모습은 딴 세상사람 같았다. 게다가 자식을 셋이나 앞세운 어머니마저 현실을 이겨내지 못하고 심장마비로 서둘러 이승을 떠났다. 중간 상처喪妻는 당신의 과보라고 나는 아버지를 미워했던 적이 있었다. 어머니의 가슴을 아프게 했던 일, 서모 때문에도 아버지를 증오했었다. 서모에게 실권을 다 빼앗겨버린 아버지. 가족의 심한 반목상태에서 뿔뿔이 흩어지게 된 우리 형제들. 그 자책과 한을 깡술에 의지하다가 종내엔 당신의 건강마저 잃고 말았다.

한밤중 잘못 울린 전화벨 소리에도 가슴이 덜컥 내려앉곤 했다. 요양소에서 걸려온 나쁜 소식일 것만 같아서 '여차' 하면 출동할 자세로 자리옷도 입지 못한 채 잠을 설치곤 했던 밤들. 불길한 생각으로 전전긍긍해야 하는 내 속내를 가족들에게 들키지 않으려고 나는 또 얼마나 애를 썼던가.

토요일 퇴근 후면 이것저것 일용품을 챙겨서 아버지를 면회하러 다녔다. 불광동 시외버스터미널에서 출발한 차는 흙먼지를 일으키며 숨차게 언덕고개를 넘었다. 덜커덩거리는 뒷좌석은 울음을 감추기에 적당한 장소였다. 폭우가 무섭게 쏟아지던 날, 아버지는 함께 있던 분이 며칠 전, 세상을 뜨셨다며 "다음은 내 차례지"라고 비장하게 말했다. 그날은 별다른 대화도 없이 무언의 배웅을 받으며 '시몬의 집'을 나서는데 그날 마당에 가득 핀 과꽃이 한눈에 들어왔다. 종이로 만든 조화弔花 같은 꽃이 영안실의 향 냄새를 풍기며 내 머릿속을 어지럽게 했다. 돌아오는 내내 발걸음이 무거웠다. 나는 지금도 분홍이나 보랏빛의 과꽃을 보면 그날의 장면이 되살아나고 영안실 향내까지도 뒤따라온다.

우리 형제들이 조組를 짜서 면회를 다닌 이태째에 아버진 요양소를 나오게 되었는데 서모는 아버지를 동생에게 떠맡기려 하고 그 애들은 미성가로 자취를 하고 있었기에 퇴원을 하셔도 갈 곳이 마땅치 않았다. '어디로 가야 하는지?'를 내게 묻던 그 무렵에 보내온 아버지의 편지는 불에 데인 상처처럼 지금도 간직하고 있다. 아버지가 요양소에 계시는 동안 서둘러 두 남동생을 예만 갖추어 짝을 맺게 했다. 고맙게도 올케들은 잘 따라주었고 모두 첫아들을 낳았다. 그때 어설픈 남동생의 신접 살림집으로 퇴원을 하게 되었는데 미안해하시던 아버지의 모습은 아직도 마음에 걸린다.

양쪽 무릎에 두 집 손자를 안으시곤 '이제 죽어도 여한이 없다'는 말씀을 반복하던 아버지. 어째서 이렇게 초라한 뒷방 노인이 되어버리셨는지? 패기 있게 부하들을 호령하면 남산이 쩌렁쩌렁했다는 그 말이 도무지 믿기지 않았다.

손이 부끄러울 만큼 보잘것없는 작은 성의에도 늘 고맙다는 인사로 답을 하시어 나를 서먹하게 하더니 언젠가부터 일체 무얼 요구해 오지 않았다. 이미 구求하는 바가 끊어지신 듯했다. 오랜만에 찾아뵈면 늘 깨끗하게 정돈된 방에서 책을 보고 계셨다. 깊은 침묵 속에서 높은 정신의 어느 영역에 홀로 계신 듯 보였다. 어떻게 자신을 버려야 할지 그때 이미 죽음을 준비하고 계셨던 건 아닌지. 뜬금없이 "네가 준 돈으로 ○○병원을 다녀왔다"고 하셨다. 그래야 한다는 것이었다.

"시월, 날씨도 좋고 이만할 때 가야지."

눈으로 벽에 걸린 달력의 숫자를 짚더니 혼잣말처럼 "한 25일쯤에나 갈까?" 하신다. 꼭 2주일 뒤다. "추워지면 땅 파기도 나쁘고, 너희들 더는 고생시키지 말아야겠어." 잠시 침묵이 이어진 뒤 "이달엔 우리 아무개도 죽었지" 하며 고개를 떨구셨다. 중학생이던 그 애를 아버지는 여직껏 가슴에 품고 계셨다. 24일은 언니네 큰아이 혼인인 걸 아시니까, 또 그런 말씀은 여러 번 들은 터라, 가을이 되니 괜히 감상적으로 되신 탓이려니 했다.

그러나 그게 아니었다. 생명의 끈을 확 놓아버린 듯 하루가 다르게 아버지의 용태는 급속도로 나빠졌다. 닷새 뒤 그 병원으로 입원을 하게 되었고 며칠이 지난 어느 날 밤, 자정에 한 사람씩 우리 형제와 눈을 맞추고 가벼운 손짓으로 작별을 고했다. 그런 뒤 혼수상태에서 조카의 결혼날짜인 10월 24일, 유엔데이를 넘기고

25일 오후 4시에 정말 당신의 말씀대로 유명을 달리하셨다.

"원, 죽음을 마음대로 하시다니……."

우리들은 장례와 혼사를 앞두고 얼마나 마음 졸였는지 모른다. 만감이 교차했다. 혼수상태에서도 당신의 외손자를 위해 어떻게든 버티셨던 그 하루. 그만 가슴이 먹먹해왔다. 우리는 그 병원 영안실에서 간촐하게 장례를 모셨다. 왜 병원을 한번쯤 다녀와야겠다고 하셨는지, 왜 그해 봄, 그토록 서둘러 어머니를 보령으로 이장하게 했는지 나중에야 모든 게 짐작되었다. 당신의 형편에 맞추어 작은 옷에 죽음을 껴안으신 아버지. 민망하고 죄송하고 또 고마웠다.

"너의 엄마 곁에 가니 기쁘다"라고 하신 마지막 말씀엔 오랜 응어리가 한꺼번에 녹는 듯 가슴이 벅차올랐다. 또 어느 날인가는 아버지와 병실에서 단둘이 있게 되었을 때 "예전에 어디에서 보니 내 정명定命이 일흔둘이더라. 그러니 다 산 거지" 하며 애써 웃음지어 보이셨다. 분노를 다스리지 못한 날이면 '간단히 끝내버려야지'를 자주 입에 담던 분. 절대 자살하시면 안 된다고, 발을 동동 구르며 자살한 영혼은 저승에도 못 가고 중음으로 배회하면서 천도되지 못한다는 김동리 선생의 글을 신문에서 오려 편지와 함께 보냈던 그것에 대한 비답秘答으로 내게 꺼내 보이신 게 아닌가 싶었다. 아버지는 그것을 잊지 않고 계셨던 것이다.

밤에도 눈을 뜨고 잔다는 물고기, 홀아비 환鰥의 '환어'처럼 아버지는 홀로 긴 시간 동안 얼마나 많은 생각을 하셨을까? 이제야 말로 평안해지시지 않았을까.

어머니와 합장으로 모시고 산을 내려오는데 길목 어귀에 감나무 한 그루가 붉게 빛나고 있었다. 아버지의 모습 같았다. 병원에서 환하게 웃으시던 마지막 모습은 내게 얼마나 큰 위안이 되었던가. 걸음을 멈추고 올려다본 감나무는 석양에 한층 더 눈이 부셨다.

삼우제를 마치고 동생 집에 들렀다. 아버지가 기거하시던 방문을 열었을 때, 물론 거기엔 아무도 없었다. 빈 방, 반닫이 위에 얌전하게 개어 올린 이불뿐 그게 다였다. 그런데 그것이 아버지처럼 보였다. 요약된 아버지의 인생처럼, 그리고 너무나도 간단명료한 그 분의 삶의 무게가 잠시 나를 멍하게 만들었다.

요즘도 이불을 개킬 때면 간혹 그 모습이 떠오르곤 한다. 동그마니 올라앉은 이불. 어느 실체가 벗어놓은 허물 같기도 한, 그것이 고작 다란 말인가. 쓸쓸한 마음을 누르며 내 뒷모습을 생각하기에 이른다.

그 분의 나이에 가까워지니 지난 기억들이 무의식 속에서 하나 둘씩 피어오른다. 지금도 원서동 골목 안으로 들어가면 일요일 아침, 어린 나를 깨워 말잔등에 태우고 동네 한 바퀴를 천천히 돌아주던 아버지가 말 위에서 "어서 타렴" 하고 손을 내미실 것만 같다.

어차피 인생이란 말을 달려 지나는 길손과도 같은 것이 아닌가.

"말 탄 자여 가라!"던 예이츠의 음성도 어디선가 들릴 것 같은 가을이다. 푸른 하늘을 한번 올려다보게 되는 것이다.

시간의 강가에서

해질녘 적막한 강가에 나와 선다. 유장流長하게 흐르는 저 금빛 물살은 어디로 가는 것일까. '간다는 것'을 생각하기에 이른다.

잔잔한 물살 위에 흐르는 시간, 물 수氵와 갈 거去를 합하면 법法 자가 된다. 법法이란 진리, 물이 흘러가는 '흐름'이 진리가 아닐까. 돌이킬 수 없는 그 흐름의 원형은 시간일 터이다.

내 남루한 시간은 나를 여기까지 데려왔다. 젊은 날 나는 발길이 막힐 때면 남몰래 강가를 찾곤 했다. 유유히 흐르는 물살에 한참 눈을 주다보면 먼 데로 사라지고 마는 자잘한 근심 따위. 텅 빈 마음이 되곤 했다. 강물은 그때 내게 많은 걸 들려주었다.

> "위험하게 살아라. (……) 전쟁의 상태에서 살아라. (……).
> 운명을 사랑하라."
>
> —『오디세이아』 중에서

그리스의 작가 카잔차키스1883~1957는 과외선생처럼 내게 일러주었다. 그의 소설 『오디세이아』는 트로이 전쟁에 참가했다가 고국 이타카로 돌아오는 영웅 오디세우스의 모험담이다. 나 또한 그들처럼 풍랑과 맞서 몸으로 견딘 세월이 얼마인가. 그러나 월계관 없는 고된 시간들이었다. 이제 귀향의 닻을 내려야 할 지점에서 멀리 수평선을 바라본다. 승리도 패배도 없는 자연의 품으로 돌아갈 시간.

"가는 자 이와 같은가."

했다는 공자의 나지막한 탄성이 울려온다.

어디로 가는 것인가? 시간이란 무엇인가? 새삼스럽게 시간의 의미를 뒤좇게 된다. 참으로 많은 작가와 철학자들이 시간을 규명한 바 있다.

'시간은 지속적'이라고 말한 프랑스의 철학자 베르그송1959~1941은 시간이란 다양한 연속성 안에서 과거에 흘러갔던 시간이 아니라 지금 현재도 흐르고 있는 시간을 의미하며 그것은 끊임없이 변화하는 연속체이며 무엇보다 "우리의 내면 속에 지속적으로 진행하고 있는 의식의 흐름 자체"라고 했던 말을 나는 기억한다.

'베르그송 철학을 내면화한 최초의 예술가'라 칭해진 프랑스의 작가 마르셀 프루스트1871~1922는 자신의 작품 『잃어버린 시간을 찾아서』에서 시간을 기억으로 환원한다.

"눈에 보이지 않는 시간이라는 물질을 따로 떼어냈고 소설에 등장하는 인물들이 얼마나 다양한 모습을 보일 수 있는지를 통해 시간의 흐름을 느낄 수 있었다"고 피력한 바 있다. 필자 역시 시간을 기억으로 환원하는 것이 문학이 아닐까 생각한다. 왜냐하면 비가시적 시간을 실제적 시간으로 말할 수 있는 방법은 이야기로 형상화할 때 그 시간은 존재성을 획득하기 때문이다.

'시간의 광맥을 캐는 광부'라고 자칭했던 아르헨티나의 작가 호르헤 루이스 보르헤스1899~1986의 문학의 주제도 '인간의 정체성'과 '시간'이었다. 그는 에세이 「시간에 대한 새로운 반론」에서 이와 같이 말한다.

"시간은 지속입니다. 존재한다는 것은 시간이 되는 것이며 우리들이 바로 시간입니다. 시간은 존재의 핵심이기 때문에 시간 없이 인간은 살 수 없어요. 우리들의 의식은 끊임없이 한 국면에서 다른 국면으로 옮겨가고 있는데 그 지속이 바로 시간입니다. 우리 또한 강처럼 흘러갑니다."

흐르는 강물에서 나도 시간을 바라본다.

시간은 나를 이루고 있는 본질이다.
시간은 강물이어서 나를 휩쓸어가지만 내가 곧 강이다.

보르헤스의 말을 곱씹어본다.

내 눈앞에서 자맥질을 하던 보르헤스가 불쑥 솟아올라 포효하듯 내게 외친다.

"내가 곧 강이다."

내가 왜 강인가? 곰곰이 생각한다. 저 강폭을 키워가는 강물이 때론 나를 휩쓸어가지만 내가 곧 강인 것은 내가 태어난 시간과 함께 저들도 태어났기 때문이며 내가 죽으면 저들도 죽는 것이기 때문이다. 즉 시간과 강물은 나와 함께 태어났고 나와 함께 죽을 것이다. 이것을 철학자 다니엘 폰 체프코는 "시간은 나 이전에 존재하지도 않았고 나 이후에도 존재하지 않을 것"이라고 일갈했다.

『고백론』에서 아우구스티누스354~430는 「시간이란 무엇이냐」에 대해 "시간이란 과거·현재·미래로 구분되는 것이 아니라 '현재'라는 형태로 존재한다"고 말한다. 그래서 시간은 바로 지금 존재하는 곳에 머물러 있다는 것. 독일의 철학자 니체나 하이데거도 이 시간의 현존성을 강조했지만 우리가 사랑해 마지않는 헤르만 헤세는『싯다르타』에서 아래와 같은 명구를 우리에게 선물했다.

> 이 물은 흘러 영원히 흐르고 있으나 언제나 그곳에 있다는 것을. 항상 그곳에 있어 어느 때와 같은 물이면서도 또한 순간마다 새로운 물이라는 것을.

강가에 나와 나 또한 얼마나 이 말을 되뇌었던가.

그는 영원에서 순간을 본 것이다. 우리는 과거에 살 수도, 미래에 살 수도 없다. 우리에게 허용된 시간은 현재뿐이다.

독일작가 토마스 만1875~1955은 그의 소설 『마의 산』에서 이렇게 쓰고 있다. "오늘을 즐겨라. 시간이란 이용하도록 인간에게 빌려준 신의 선물이다."

허용된 시간은 현재뿐임을 나 또한 숙지한다. 눈을 감는다. 그러나 발원지를 알 수 없는 내 시간의 출발점, 그 아득한 영겁의 조상으로부터 이어져 내려온 물길을 더듬어본다, 137억 년 전 빅뱅으로부터 우주가 형성된 그때 시간이라는 것도 만들어졌다. 불덩어리 같은 지구 표면이 굳어 생명이 출현하게 된 것은 39억 년 전의 일이다. 생명의 기원과 진화를 별들의 기원과 진화에서 그 뿌리를 찾는 미국의 천체물리학자 칼 세이건1934~1996을 따라 시공을 뛰어넘어 우주를 한참 선회하다가 눈을 떴다. '무량원겁無量遠劫이 즉일념卽一念' 무량한 시간도 한 생각이라더니, 법(흐름)의 세계에서는 시간이 존재하지 않는 것 같았다.

보르헤스의 말대로 존재한다는 것은 시간이 되는 것이다. 우주도 시간과 함께 태어났다. 모든 존재는 생멸生滅하기 때문에 시간이 경과하고 또한 시간이 경과하기 때문에 생멸한다. 존재와 시간은 서로 인대因待한다. 만약 존재가 없다면 어떻게 시간이 있을 수 있겠는가? 보르헤스가 그의 에세이 「시간에 대한 새로운 반론」에서 시간을 부정했던 것처럼, 1700여년 전, 인도의 학승 나가르주나Nāgārjuna, AD 150~250도 자신의 저서『중론中論』에서 다음과 같이 시간의 공성空性을 제기한 바 있다.

> 존재로 말미암아 시간이 만일 있다면
> 존재를 떠나서 시간은 어디 있을 것인가.
> 그런데 어떠한 존재도(실체로서는) 존재하지 않는다.
> 어디에 시간이 있을 것인가. 因物故有時 離物何有時 物尙無所有 何況當有時

시간은 없다는 것이다. 시간의 없음을 여실히 보게 될 때, 단지 시간의 없음만을 보는 것이 아니고 시간에 따라 변해간다고 하는 생각하는 자아自我도 없다는 것을 알게 된다는 것이다. 시간과 자아는 실체가 없는 하나의 허구이기 때문이다.

> "시간은 하나의 환상입니다."

그리스의 철학자 파르메니데스의 말이 생각난다. 아인슈타인은 또 어떠했는가. "시간은 시계로 측정하는 것에 불과하다. (……) 물리학에서는 시간이 새로운 것을 가져오지 않는다. 그래서 시간은 환상일 뿐이다."

시간은 왜 환상인가?

시간이 인대因待한 존재 자체가 자성自性이 없는 환幻이기 때문이다.

일어난 것은 전부 연기緣起로 일어났고 본성으로 볼 때는 하나도 일어난 것이 없다. 물이 흘러가듯 법성法性으로 보면 아무리 많은 것이 일어나도 본성本性에서는 일어난 것이 없기 때문이다. 그래서일까 아일랜드의 작가 사무엘 베케트1900~1989는 『고도를 기다리며』에서 "아무 일도 일어나지 않았다"라고 적고 있다. 그는 본체에서 일어나는 작용으로서의 현상을 알았던 것이다.

"시간이 머무는 것도 없고, 시간이 가는 것도 없다. 시간이 없는데 어찌 시간의 모습을 설명하겠는가?"라던 나가르주나는 『중론』에서 가고 오는 것에 대해 다시 언급한다.

'이미 간 것'에는 감去이 없다.
'아직 안 간 것'에도 감去이 없다.
과거 미래 이 두 경우를 떠나
'가고 있는 현재'도 감이 없다. 已去無有去 來去亦無去 離已去未去 去時亦無去

이와 같이 감이 없다면 가고 있는 현재도 있을 수 없다는 것이 된다.

"감 때문에 가는 자를 알 수 있다고 하지만

'가는 자'가 자신에게 속해 있는 '감'을 사용할 수 없다.
가는 자에 앞서서 감이 없기 때문이다.
그러므로 가는 자는 감이 없다."因去知去者 不能用是去 先無有去法故無去者去

이런 까닭에 간다는 것과 가는 자와 갈 곳도 존재하지 않는다. 환언하자면 저 물과 시간과 나는 모두 가는 곳이 없다. 실체 없는 우리의 존재는 공성空性, 무無이기 때문이며. 존재를 떠난 시간이란 있을 수 없기 때문이다.

"우리의 본질이 시간이라면 개인의 정체성이란 시간의 환영일 뿐"이라는 보르헤스의 말에 나는 그만 덜미를 잡히고 만다.

시간과 함께 인간은 하나의 마야[幻影]에 지나지 않으리라는 자성自省이 나를 잠시 무력하게 하지만 그러나 도도한 흐름 위에 실린 저 무주無住의 시간.

없으면서 지속하는 다르마, 그 법성의 법法 자를 되새기게 되는 것이다.

제4장

문학의 힘

붓 한 자루

가난한 침선공이 바늘을 의지하듯 나는 평생을 붓 한 자루에 기대어 살아왔다. 미술이나 음악처럼 비싼 재료나 고급 악기가 요구되지 않는 문학은 다만 붓 한 자루면 가능했기 때문이다. 돈이 들지 않는 독서 또한 고단孤單한 내게 유일한 피난처이며 솟대와도 같은 성역이었다. 생의 수혈輸血을 나는 그곳에서 공급받았다.

책과 붓 한 자루. 내 삶의 기둥이었다.

어느 결엔가 글을 써야 하는 사람이 되어, 수 없는 봄가을을 지나 이젠 낙하落下 직전의 한 그루 나무로 버티고 있다. 그동안 부질없이 쏟아낸 내 글들은 어떠한가? 의미가 있었는가? 돌아보게 되는 요즈막이다. 자구책으로 슬픔에 겨운 혼자만의 울음은 아니었던가. 타인의 고통을 배제한 자기 만족의 감정유희가 아니었던가. 내세울 자랑거리가 없는 사람의 지적 허영심으로 포장된 자기위선은 아니었던가? 만년에 이르러 이런저런 질문을 던져보게 되는 것이다.

문학은 인생의 등불이다. 어두운 밤, 우는 자와 함께 울어야 하며 넘어진 자를 위해 주저 없이 손을 내미는 여민동락與民同樂의 손길이어야 한다.

내가 쓴 글이 남을 기쁘게 한 적이 있었는가. 삶의 용기를 준 적이 있었는가? 내 붓은 무엇을 써왔는가? 그러다 춘원(이광수) 선생의 「붓 한 자루」가 떠올랐다.

"붓 한 자루. 나와 일생을 같이 하련다. (……) 쓰린 가슴을 부듬고 가는 나그네 무리. 쉬어나 가게. 내 하는 이야기 듣고나 가게"라고 썼던 춘원 선생의 붓은 어쩌자고 일본의 언론인 도쿠토미 소호에게 가야마 미츠로香山光郎라는 창씨개명으로 이런 편지를 쓰고 말았다.

> 내 자식이 되어다오라는 선생의 말을 들은 지 5년의 세월이 지난 오늘에야 비로서 선생의 간곡한 부탁을 따르게 되었습니다. (……) 이제부터 조선의 올바른 민족운동은 황민화의 한 길만이 있을 뿐입니다.

그런가 하면 한일합방이 되었을 때 『매천야록』을 쓰고 있던 황현 선생은 그 붓으로 "나는 죽어야 할 아무 의미가 없지마는 나라가 망하는 날, 한 사람쯤 죽지 않으면 얼마나 애통한 일이겠는가?" 라고 쓴 뒤 스스로 목숨을 끊어 세상을 하직하였다.

붓은 그 자체가 하나의 정신이다. 붓은 자신의 언행을 욕되게 하지 않는 선비, 양반, 학자, 작가를 지칭한다. 『걸리버 여행기』를 썼던 조나단 스위프트는 아일랜드를 지배했던 영국정부의 정책을 통렬하게 공격했다. 특히 착취적인 화폐정책을 과녁으로 익명의 서한을 날렸다. 영국정부는 그의 목에 현상금을 걸었으나 끝내 그 정책을 포기하고 말았다. 펜이 칼보다 무서운 이유다.

우리의 삶을 외면한 문학 활동은 유리벽 안에 갇힌 목소리다. 말이 인간의 표현인 것처럼 문학은 시대정신의 표현이다. 문학은 인간의 삶에 기여하는 높은 인문정신이기 때문이다. 그런데 민족의 행복과 번영을 위해 「민족개조론」을 썼던 분이 어째서 자기 서재에 일장기를 걸어놓고 조석으로 목례를 하였는가? 춘원은 일본이 제공한 온갖 특혜와 달콤한 미끼에 붓이 흔들렸던 것이다.

이利냐 의義냐? 내 마음의 천칭天秤에게 묻는다. 그때 2500년의 시간을 거슬러 공자의 말씀이 들려왔다. "시 300편에 사무사思無邪."

문학에 어찌 삿된 것이 있겠는가. 더구나 수필은 비非 허구적인 문학이어서 언행의 일치가 요구된다. 삶과 글이 분리되지 않아야 한다. 진솔한 자기 고백과 성찰, 이것은 수필의 특성이라고 할 수 있다.

죽는 날까지 하늘을 우러러

한 점 부끄럼이 없기를.

일본 후쿠오카 형무소에서 옥사한 윤동주 시인의 붓이 기록한 순수의 맹세다.

왜 인간인가? 물음에 답하는 통렬한 자기 성찰이기도 하다. 돌아보면 내 붓이 쏟아낸 말들은 아궁이에 넣어도 아깝지 않은 하나마나한 말들이었다. 말 이전에 자연이 있었고, 자연의 그 침묵 속에서 나 또한 편안해지고 싶다. 이제는 물속의 흙인형처럼 녹아 자취마저 없고 싶다.

붓 한 자루. 내 그림자여! 잘 가시게나.

문학의 힘

자연은 여름으로 충만한데 나는 그 푸르름 속에 엎드려 지낸다. 독서도 눈이 허락하는 대로 제한을 받고 있지만 그래도 살아서 기쁜 것은 책에서 문학의 힘을 느낄 때다. 오늘이 그런 날이었다.

일본 소설가 오에 겐자부로大江健三郎의 『읽는 인간』을 펼쳐들었다. 노벨문학상 수상자인 노작가의 책과 관련된 이야기들이다.

그가 아홉 살 때 만난 첫 책은 마크 트웨인의 『허클베리 핀의 모험』이었는데 "정녕 제 인생은 그 책으로 인해 향방이 정해졌음을, 인생의 끝자락에 다다른 지금 절실히 깨닫고 있습니다"라고 밝힌 점에서 나는 처음엔 놀라웠고 그 다음은 반가웠다.

『허클베리 핀의 모험』은 백인 소년 허크와 도망친 흑인 노예 짐이 수색대를 피해 뗏목을 타고 미시시피 강을 따라 내려가면서 항해의 난관을 겪는 이야기다. 고난을 함께하는 동안 허클베리는 종종 도움을 받은 짐에게 깊은 우정을 느낀다. 노예해방을 이룬 마을에 도달하면 짐은 그곳에서 자유로운 신분이었지만 아직 노예해방이 이뤄지지 않은 곳에 들어가면 여전히 그는 노예였다. 허크는 짐의 주인인 노부인에게 보낼 편지를 쓴다.

"이 마을에 당신의 재산인 짐이 있다. 현상금을 주면 당신의 재산은 집으로 돌아갈 것이다."

허크는 교회에서 남의 재산을 훔치는 일에 가담한 사람은 지옥에 간다고 배웠기 때문인데 그는 곧바로 편지를 찢어버리며 이렇게 다짐한다.

"난 이 생각을 버렸고 결코 반복하지 않을 거야. 이런 편지는 두 번 다시 쓰지 않겠어. 그래 좋다. 나는 지옥으로 가겠다."

노작가는 "지옥으로 가도 좋으니 짐을 배신하지 않겠다. 제가 영향을 받은 것은 이 한 줄입니다"라고 적고 있다. 전쟁이 끝난 직후 선생님은 "얘들아 여태까지의 국가방침은 사라졌다. 이제 일본은 패했고 엉망진창이 되었다. 너희들 한 사람 한 사람이 자기 방침을 세우고 살아가는 것이 좋을 것이다"라고 하자 "그래서 저는 생각했습니다. 허크의 말을 나의 방침으로 삼자……. 지금껏 이걸 원칙으로 살아온 듯합니다"라고.

All right, then, I'll go to hell.

그래 좋다. 나는 지옥으로 가겠다.

나는 갑자기 목안이 뜨거워졌다. 그리고 오래 전 엘미러 대학 캠퍼스에서 만난 마크 트웨인의 동상이 떠올랐다. 거친 세월의 흔적이 담긴 듯한 주름진 얼굴, 제대로 성장하지 못한 작은 키에 그러나 호방한 기개가 느껴지는 모습으로 주머니에 양손을 찌른 채, 먼 곳을 바라보며 서 있었다. 그가 『허클베리 핀의 모험』을 손질했다는 팔각정 서재 안에서 나는 고달프기만 했던 그의 일생을 떠올리며 기념 책자와 엽서를 사들고 가슴에 안았다. 열두 살에 부친을 잃고 닥치는 대로 일을 해야 했던 어린 소년. 그는 뱃길 안내인으로 일하는 동안 키잡이들이 쓰는 전문용어인 수심 두 길(12피트 깊이) '마크 트웨인'을 필명으로 삼았다. 열두 살 이후, 학력이 전무했던 그의 이름이 대학 캠퍼스에 새겨지고 예일 대학교와 미주리 대학 그리고 옥스퍼드 대학에서는 그에게 명예문학박사 학위를 수여했다. 미국 현대문학은 마크 트웨인의 『허클베리 핀의 모험』에서 출발했다고 말한 이는 헤밍웨이였다. 평론가 윌리엄 하워스는 마크 트웨인을 가리켜 '미국 문학사의 링컨 같은 존재'라고 평가했다.

이런 마크 트웨인이 오에 겐자부로에게, 오에 겐자부로는 오늘 아침 또 나에게 웅변보다 더 큰 울림으로 사랑의 마음을 전해주고 있다.

독서는 이와 같이 사람의 마음을 변모시킨다. 문학의 힘이다.

장애인 아들을 보듬고 평생을 애쓰는 아버지 오에 겐자부로.

그는 반전反戰 평화와 휴머니즘적 가치를 위해 큰 목소리를 내며 행동하는 지식인으로 활동하고 있다.

인생에서 유달리 슬픔이 많았던 두 작가의 대비심大悲心의 연원을 짚어본다.

'눈물이 없는 자의 영혼에는 무지개가 뜨지 않는다'는 인디언들의 경구가 마침 생각난다. '그래 좋아! 난 지옥엘 가겠어' 이런 소년이 내 안에서도 오래 머물기를 바란다.

정신에 영향을 주는 것은 문학밖에 없다

문학은 전적으로 문인文人에 의한 것. 먼저 문인의 의식이 달라지지 않으면 안 된다.

문학이란 무엇인가? 인간의 삶에 기여하는 높은 인문정신, 인간을 묻는 철학이다. 어떻게 달라져야 하는가에 좋은 작가를 예로 들어 답에 대신하려고 한다.

루쉰은 일본에 유학하여 의학 공부를 하다가 중국인 정탐꾼이 일본군에 발각되어 총살당하는데 허수아비같이 지켜보는 동포들을 보며 의학 공부를 포기한다.

'의학이란 중국사회를 개혁하는 데 그리 긴요한 것이 못된다. 가장 중요한 것은 사람에게 정신을 갖게 하는 데 있다'고 결론을 내린 그는 문학으로 뜻을 바꾸었다. 『아큐정전』과 『광인일기』 같은 걸작을 써서 사회의 모순을 비판하고 민족의 정신개조와 각성을 촉구하는 데 앞장섰다.

『광인일기』의 주인공 쿵이지는 신경이 날카로워져 주위의 모든 것에 강한 의심을 품고 그는 자신이 처한 사회 전체를 '사람이 사람을 잡아먹는' 사회로 보았고 그 사회의 역사는 '사람이 사람을 잡아먹는' 역사로 생각했다.

> 그 역사에는 연대가 쓰여 있지 않았으나 페이지마다 '인의도덕'이라는 글자가 비뚤비뚤 쓰여 있을 따름이었다. 나는 잠이 오지 않아 한밤중까지 자세하게 살펴보았는데 글자 사이사이마다 또 다른 글자가 보였다. 책 여기저기에 온통 '사람을 잡아먹는다[吃人]'는 두 글자가 쓰여 있었다.
>
> —『광인일기』 중에서

통치자들은 인의도덕이라는 미명 아래 백성들을 갈취하고 혹사시켰다. 작가 루쉰은 소설 속에서 말한다.

'앞으로는 사람을 잡아먹는 사람이 버젓이 살아가도록 허락하지 않을 것이며, 미래세계는 진정한 사람들만의 세상이 될 것'이라고 희망과 동경을 나타내기도 한다.

지금 우리의 사회는 어떠한가? 사람이 사람을 잡아먹는 것과 다를 바 없는 반인류적인 세태, 참혹한 사건 '세월호'가 말해준다.

헤르만 헤세는 제1차 세계대전 중 전쟁을 비판하는 글을 써서 국가에서 배척당하고 스위스로 국적을 옮긴 뒤 전쟁으로 인한 파괴와 혼돈 속에서 '이 무너지는 정신을 어떻게 하면 좋은가?'라는 문제를 탐구하다가 1943년 『유리알 유희』를 세상에 내놓았다. 헤세는 주인공 크네히트(노복)의 아름다운 봉사와 희생정신을 인류 구원의 대안으로 제시한 게 아닐까 싶다.

결국 인간의 이원적인 모든 대립관념을 헤세는 자연과 정신으로 환원시키고자 한 것이다. 시대를 일깨우는 작가정신, 그는 이 작품으로 노벨문학상을 받았다.

작가는 인간을 선도하고 다 함께 잘 살 수 있는 인류번영에 기여해야 함은 「문학헌장」에도 명시된 바 있다.

부패한 사회를 고발하며 경각심을 일깨우기 위해 굴원처럼 스스로 목숨을 끊은 작가도 있고 인류의 번영과 휴먼정신을 실천하기 위해 애쓴 작가들도 있다. 그 중 한 사람인 존 스타인벡은 캘리포니아에 이주한 오클라호마 농민들에 대한 비인간적인 취급에 분노하면서 『분노의 포도』를 썼다. 실제로 2천 마일이나 되는 거리를 그는 구식차를 몰고 66번 국도를 따라가면서 현장을 취재했다.

"배고픈 사람들이 싸우는 곳에 나타나고, 경찰이 사람을 패는 곳에 있을 거라"는 주인공 톰 조드처럼 정의로운 서부의 작가 존 스타인벡은 『불만의 겨울』로 1962년 노벨문학상을 받았다. 자신이 목격한 미국 사회의 비도덕적 진공상태를 지적하면서 심혈을 기울여 쓴 작품이다. 우리에게도 이런 작가정신이 요구된다. 상업주의와 결탁한 일부 작가들의 비도덕적인 사례, 선정적이고 현란한 문체에 치중되는 것도 고려되어야 하겠지만 무엇보다도 사회에 만연하고 있는 물질지상주의가 큰 문제다. 극도의 개인주의는 사람을 더 이상 사람이지 않게 만든다. 인간의 보편적 가치와 인류의 질서가 무너진 지 오래다. 건전한 도덕의식이 필요하다. 이 또한 작가의 몫이기도 하다. 자신에게는 엄격하고 남에게는 관대한 사람, 가난을 편안하게 여기면서도 그 속에서 고궁절을 지킨 도연명처럼 때로는 진리[道]를 즐길 줄 아는 진정한 작가의 선비정신도 아쉽다.

좋은 작가가 좋은 작품을 쓴다. 열 번을 말해도 좋은 작품만이 그 대안이다.

정신에 영향을 주는 것은 문학밖에 없다는 루쉰의 말을 기억하자.

노년의 식탁

잔가지를 쳐낸 고목처럼 노년의 삶은 간소簡素하다.

더운 우유 한 잔과 인절미 서너 개면 아침식사가 된다. 우선 식탁이 간편해졌고, 번거롭게 갖춰 입어야 하는 외출도 멀어진 지 오래이다.

하루가 다르게 변모해 가는 세상의 속도를 따라가지 못하는 나는 아직도? 라는 눈총을 받으며 구형 휴대폰을 고수하고 있다. 주인의 심사를 아는 듯, 침묵하는 날이 더 많은 나의 휴대폰. 번잡한 소통을 나는 그다지 좋아하지 않는 편이다.

비껴가는 하루해가 겨울 때도 있지만 그것은 잠시뿐이고, 한 모양으로 지내는 심심한 그 단조로움이 헐렁한 옷처럼 편안하다.

오후가 되면 버릇처럼 식탁에 가 앉는다. 무릎 때문에 좌탁보다는 식탁이 편해서이다. 가을걷이를 끝낸 들판처럼 노역勞役에서도 면제되고 사람관계에서도 풀려나 모처럼 한가한 때를 보내고 있다.

사위는 고요한데 이따금씩 몸이 겪는 통증을 느끼며, 아무 하는 일이란 없다. 무사無事, 무위無爲다. 중천의 해는 나와 상관없이 뜨고 진다. 지인들의 행보는 활발한데, 그렇지 못한 자신이 때로는 딱할 때가 있다. 그런 날은 서가에서 노자老子를 꺼내 든다.

> 다른 사람들은 다 넉넉한데 나만 홀로 부족한 듯하다. (……) 우매하고 우매하다! 세상 사람들은 다 분명한데 나만 홀로 어둑하구나! (……) 모든 사람은 쓰일 데가 있으나 나 홀로 고루하며 천한 것 같다. 나는 홀로 남과 달라서 만물의 근원인 도를 기르는 것을[食母] 귀히 여긴다네.
>
> —『도덕경』 20장

세상 사람들은 다 분명한데 나만 홀로 어둑하다니……. 그 분의 심정을 되짚어보며 만물의 근원인 도道에 대해 생각해본다.

> 되돌아가는 것은反者 도의 움직임道之動이요
> 약한 것은弱者 도의 쓰임道之用이다.

예외 없이 우리는 도의 움직임을 따라야 하리.

융은 한때 노자에게 심취했고, 헤르만 헤세는 가장 지혜롭고 가장 많이 내게 위로를 준 분은 노자라고 로망 롤랑에게 써 보냈다. 나도 요즘 그 분에게서 많은 지혜와 위안을 받는다.

노자는 젊은 시절, 아내가 친구와 함께 침대 위에서 뒹굴고 있는 장면을 목격한다. 그때 그는 이렇게 생각한다.

내가 사랑하는 아내가 그 자신을 사랑할 때, 그 또한 다른 남자를 사랑할 수 있는 권리를 갖는다. 그러니 아무런 사심도 품지 않아야 한다며 아내를 놓아주었다. 그는 불륜을 증오해야 할 악惡으로 보지 않았다. 악은 선善의 바깥에 서 있는 이물질이 아니라 선이 분비한 자기의 다른 모습이므로 선의 다른 측면인 '불선不善'으로 보았던 것이다.

선과 불선은 이원적으로 따로 존재하는 것이 아니라 같은 유有의 이중적 모습에 불과하다는 것. 그러니 사바고해苦海에 살면서 그것을 송두리째 뽑아버리기보다는 마음을 바꾸는 편이 낫다고 생각한 것이다.

사심私心을 버리고 불선不善을 용인한 그 분의 도량과 인간적 고뇌를 짚어보게 된다. 프랑스의 철학자 몽테뉴도 아내의 불륜을 목격했을 때, 노자처럼 생각했던 것이다. 시대를 거스르고 동서양이 다르건만 그들의 대응법은 다르지 않았다.

이후 그들은 아무것에도 연연하지 않고 오로지 사색과 독서에만 전념할 뿐. 만년에 노자는 『도덕경』을, 몽테뉴는 『수상록』을 각각 한 권씩 남겼다.

대극對極의 양단을 물리친 동양의 현자와 서양의 철학자를 생각하며 나는 다시금 '선악불이善惡不二'를 반추한다. 아직은 어렵지만 대립심對立心을 갖지 않는다는 것부터 시작한다. 이것이 요즘 나의 과제이기도 하다.

노년의 식탁은 존재를 겨우 지탱해주는 임시 거처. 거기에 앉아서 나는 혼잣말처럼 중얼거린다.

노년은 비우는 것이다. 그리고 견디는 일이라고.

저물녘 벌판에 앉은 눈사람처럼

겨울 해가 부쩍 짧아졌다. 남은 달력 한 장에서 원효 스님의 말씀이 들려온다.

"년년이이하여 잠도사문年年移移 暫到死門이니라."

해[年]와 해가 옮기고 옮겨서 잠깐 죽음의 문에 다달음이니 급하지 아니한가. 요지는 공부하라는 말씀이다. 「발심수행장」에서 나는 특히 이 대목을 좋아했다. 그동안은 죽음이 먼 거리에 있으니 여유롭게 운위할 수 있었다. 그런데 지금은 어떠한가. 바로 코앞이다. 눈앞에 사물은 흐릿하고 귀와 눈도 멀어진 요즘, 내 몸은 저물녘 벌판에 앉은 눈사람처럼 적막하다. 적막 속에서 아무도 모르게 조금씩 무너져 내리고 있다. 누워 지내는 시간이 많아진 지금, 어떤 날은 들판에서 시신이 풍화되는 과정을 슬쩍 내 몸에 옮겨보곤 한다. 한 줌 흙으로 동화同化되는 과정을 따라가며 아무것도 아닌 '나 없음'의 해방감을 맛보기도 한다.

끌어 모아서 얽어매면 한 칸의 초가집.

풀어헤치면 본래의 들판인 것을!

이 눈사람 또한 햇볕에 녹아 본래의 들판으로 돌아가리라.

한나절 독서마저도 자주 끊겨, 그럴 때면 TV 리모컨을 찾게 된다. 연일 터져나오는 함성, 100만 촛불의 행진. 실망스럽게도 박근혜 대통령의 민낯이 드러나고 있다. 국민에게서 위임받은 권력을 그는 최순실 일가의 사적 이익을 위해 사용했다. 여러 차례 사태를 바로잡을 수 있는 기회가 있었지만 그때마다 변명뿐, 진정한 사과는 없었다. 시간을 끌며 벗어날 수 있는 꼼수를 계산하는 것 같이 보인다. 촛불은 횃불이 되었고 232만 명에 달하는 시민들이 광장으로 달려 나왔다. 그들은 '퇴진'을 외치더니 '하야'에서 이제는 '구속'을 외치고 있다. 관저에서 덩그러니 혼자 이 노릇을 어떻게 하나. 국회는 대통령에 대한 탄핵 소추안을 가결시켰다. 12월 9일이었다. 그 전날 밤은 밤새 비가 내렸다. 구슬프게 내렸다. 피눈물이 무엇인지 알았다는 외로운 대통령. 자존심 때문에 사과할 수 없었나? 어린 생명이 수장水葬될 때 왜 맨발로 달려갈 수 없었나? 무엇이 그를 가로막았나?

대통령은 당선한 지 얼마 안 되어 중국을 방문했는데 청화대학교 강당에서 중국 고전을 읽으면서 마음을 다스렸고 직접 에세이를 쓰면서 마음을 다스렸노라고 말했다. 그의 수필에는 이런 대목도 나온다.

"인생의 어려운 시기를 헤쳐가면서 제가 깨우친 게 있다면 인생이란 살고 가면 결국 한 줌의 흙이 되고, 백 년을 살다 가도 긴 역사의 흐름 속에서 보면 결국 한 점에 불과하다는 것이다."

'한 줌 흙'과 '한 점點'에 지나지 않는 존재.

존재란 과연 무엇이던가?

비실체적인 몇 가지 요소들이 모인 집합체가 아닌가. 그것들이 일시적인 나를 이루고 있지만 사실은 무아적無我的 존재이다. 어디에 내가 있는가? 자존감, 나르시스 그것은 모두 신기루와도 같은 환幻일 뿐이다.

TV 화면에서 대통령 얼굴의 멍자국을 보며 30여 년 전, 정수직업훈련원 수료식에서 격려사를 하던 젊고 가녀린 퍼스트레이디의 모습이 눈앞을 스쳐갔다. 무상한 세월이 고약스럽다. 무상無常은 공空이다.

만물의 본질은 공空이며 형상으로 나타난 '나'는 연기의 법칙에 의존한다. 우리는 모두 연기적 존재, 따라서 주변의 인간관계나 내 앞에 마주선 상대방이 더없이 중요해지는 이유이기도 하다.

나이를 더해서 깨달은 것은 인류의 문제는 물질이 아니라 사랑이라는 점이다. 그동안 나는 왜 사람들을 많이 사랑하지 못했을까. 고백하자면 마음뿐 사랑하는 방법에 서툴렀던 것이다. 얼마 남지 않은 작별 앞에 남겨진 후회가 많다. 내 한 몸 떠나면 한 물건도 소용없다. 그야말로 신외무물身外無物이다. 물질이 아니라 사랑이다. 대통령도 사랑하는 마음만 가득 안고 팽목항에 달려만 갔어도……. 시간을 놓치지만 않았어도……. 자비는 생명에 대한 헌신이다.

생명을 사랑하는 자비의 실천, 일심의 정화淨化가 벌판에 나앉은 이 눈사람에게도 남겨진 숙제이다. 판결 앞에 선 이제 또 한 분의 눈사람도 그런 점을 깨달았으면 한다.

찬바람 속에 날이 어둑하니 저물고 있다.

인공지능, 수필을 쓸 수 있을까

안국동에서 수필 행사를 마친 뒤 지인 몇이서 근처의 찻집으로 들어갔다.

알파고와 프로 바둑기사 이세돌 9단과의 대국(4승1패)이 있은 직후여서 우리의 화제는 자연히 인공지능AI, Artficial Intelligence 알파고에 대한 두려움으로 번져갔다. 인간이 만든 기계가 인간을 능가하다니, 이러다가 우리의 미래사회는 인공지능에 잠식당하는 게 아닌가, 우려하는 P선배의 표정은 자못 심각했다. 게다가 BBC 방송에서 인터뷰한 스티브 호킹 박사의 말이 떠올랐다.

"앞으로 인간을 넘어서는 인공지능이 개발될 경우 어떤 결과가 초래될지 알 수 없다. 완전한 인공지능 개발이 인류의 종말을 불러올 수 있다"는 것이다. 불과 2년 전의 이야기였다.

며칠 뒤「펜 잡은 알파고, 베스트셀러 작가 될까」라는 머리기사가 신문에 떴다. 인공지능이 쓴 단편소설 두 편이 일본 SF문학상

예심을 통과했다는 보도였다. 일본 과학자들이 '변덕쟁이 인공지능 프로젝트'라는 모임을 만들어 3년 반의 노력 끝에 거둔 성과였다. 연구팀은 일본 소설가 호시 신이치星新一의 작품이 짧으면서도 수준이 높고, 기승전결의 반전과 구성요소도 알기 쉽다는 점에서 그의 작품과 그의 이름을 딴 '호시 문학상' 수상작품을 샘플로 입력한 뒤, 이를 토대로 인공지능이 호시와 같은 수준의 작품을 쓰도록 하겠다는 것이 그들의 목표였다.

본심에 올라간 두 편의 제목은 「나의 일은」과 「컴퓨터가 소설 쓰는 날」이었다. 이 프로젝트를 이끈 마쓰바라 진松原仁 교수는 아직은 인간의 손이 가는 부분이 80% 정도이며 사람이 줄거리와 등장인물을 정해주고 인공지능이 그에 맞춰 나머지를 풀어나가는 단계라고 언급했다. 그러나 2년 내 인간의 도움 없이 집필하는 게 목표라고 발표했다.

몇 해 전, 러시아에서도 컴퓨터가 쓴 장편소설이 발표된 적이 있었다. 이 작품 「진실한 사랑」의 캐릭터는 톨스토이를 본떴고, 문장은 하루키를 닮게 했다고 한다. 인공지능에 생각을 부여하고 그들로 하여금 문학작품을 써내게 하다니, 그러나 인간 고유의 창작 영역에 도전한 그들이 과연 인간만큼 써낼 수 있을까.

생각으로 쓰는 소설은 줄거리를 따라가노라면 가능할지도 모르겠으나 마음으로 쓰는 수필의 경우 그것이 가당키나 한 일인가.

시는 언어를, 그리고 소설은 인물을 중시한다면 수필은 우리의 마음을 오롯이 담아내는 문학 장르이다. 소설처럼 허구가 용납되지 않는 수필의 세계는 실제fact다. 게다가 수필은 독자와 작가 사이에 어떤 장치나 매개물도 없이 소통되는 직접적인 문학이 아닌가. 속일 수 없는 작가 자신이다. 무엇보다 수필가들은 쓴다는 행위를 통해 비허구적인 방법으로 자신의 번민을 고해告解하고 삶의 의미를 천착하며 자아탐구와 인생에 대한 관조를 문학의 요체로 삼아 작품을 빚어낸다.

수필의 본령은 인생에 대한 관조와 성찰이다. 자아의식이 없는 기계가 자기를 돌아보고 뉘우칠 수 있겠는가? 또한 '동쪽 울타리에서 국화꽃을 따들고/ 유연히 남산을 바라본다'는 도연명의 시심을, 주객主客이 떨어져나간 언설로는 표현키 어려운 무심無心 도인의 경지를 이해나마 할 수 있겠는가.

수필은 인생에 대한 새로운 해석이다. 그러므로 그 작가만의 견처見處가 요구된다. 그것은 마치 감나무 우듬지에 매달린 홍시처럼, 땡감시절의 떫은맛을 극복하고 단맛을 완성하기까지 그 고단한 영적靈的 변환을 거쳐야만 하는 것이다. 영혼의 내신內信과도 같은 이 수필을 영혼이 없는 기계가 과연 써낼 수 있을 것인가, 이런저런 생각을 해보게 되는 것이다.

과학과 생명공학의 눈부신 발달은 인간의 수명을 늘리고 생활에 많은 편리함을 제공해주었다. 무인경비시스템, 하이패스를 비롯한 숱한 자동화시스템과 무인텔에 이르기까지 로봇시술과 로봇가사도우미까지 인간의 영역을 대신해준다. 그런데 우리는 왜 저들을 두려워해야 하는가?

문명의 발달은 득得인가 독毒인가? 80여 년 전 영국의 작가 올더스 헉슬리는 『멋진 신세계』를 발표하면서 기술문명이 초래할 미래의 세계는 결코 '멋진 신세계'가 아니라고 예단했다. 왜냐하면 생명공학기술에 의해 인류는 맞춤형으로 대량 생산되거나 인구를 통제하는 시대가 오며 '소마'라는 알약 하나로 배고픔과 고독과 절망까지도 해결된다는 것이다. 환각제인 소마는 고통이 없는 지상천국, 파라다이스를 제공하지만 사실은 의식을 포기하는 수단임을 작가는 넌지시 일러준다.

따라서 인간은 주체성이 없는 '기계의 부속품' 결국 기계문명만이 남는다는 불평등 방정식을 그는 제시한다. 인간의 잠재성을 실현하기 위해서는 '낙원'을 상실해야 한다는 즉 유토피아가 곧 파멸이라는 역설이다.

유토피아utopia라는 말은 토머스 모어가 1516년 라틴어로 쓴 『유토피아』라는 책에서 처음 사용된 말로 '아무 데도 없다'는 의미다. 모어가 그린 유토피아는 모든 것이 인류 전체를 위해 최선의 상태로 질서가 잡혀졌고 빈곤이나 불행 등의 사회악이 추방된 나라였다. 그러나 이는 사회개혁의 아우트라인을 그린 것으로 현실화되지 못하였다. 이후 유토피아는 현실과 동떨어진 이상향理想鄕

의 뜻으로 쓰인다.

장자莊子는 일찍이 아무 데도 없는 '무하유지향無何有之鄕'에 대해 이렇게 언급한다.

> 지금 그대는 큰 나무를 가지고도 무용지물로 어찌할 줄을 모른다면 어째서 그대는 넓은 광야나 아무도 없는 동리無何有之鄕에 심고 그 옆에서 산보하거나 그늘에서 편히 눕거나 하지 않는가? 그런 곳에서는 그 나무가 도끼와 다른 상처를 입는 일은 없을 것이다. 다른 데서 소용이 없다고 해서 그 마음을 괴롭힐 건 없다.
>
> —「소요유」에서

아무도 없었던 태초, 넓은 들판에 '스스로 그러한' 자연自然만이 있었는데 모든 것은 저로서 존재하였다. 아무런 방해나 간섭이 없는, 차별 없는 세계를 그는 무하유無何有의 세계라고 일컬었다. 그러나 과학문명의 발달로 가중된 인간의 이기심과 분별로 얼룩진 세상에 유토피아가 존재할 수 있을까? '무하유'의 세계는 우리의 마음속에나 있는 것인가.

장자는 스스로 마음을 경계가 없는 데 맡기고 무궁한 세계에서 노닐고자 하였다.

"하늘과 땅의 기운을 수레로 하고/ 변화를 말로 메워/ 시공간밖에 가 놀아본다."

"천리의 바람을 타고, 여섯 기의 변을 거느리고 끝이 없는 곳에서 노닐겠다"고 하였다. 그의 마음이 가 닿은 자리이다. '여섯 극'의 바깥이나 '사해의 바깥' 무하유의 고을은 모두 상상 속의 세계인 것이다. 소요유는 '무하유지향'에서 노니는 것. 마음의 흐름이 '소요유'다. 그의 마음은 시공간도 없이 비상하면서 무한한 세계에서 한바탕 신명을 펼친다. 호호탕탕한 장자의 수필세계다. 몸과 마음이 없는 인공지능에게 이 또한 가능한 일이겠는가.

나는 서가에서 오랜만에 『장자』를 꺼내 들었다.

노인 한 분이 밭에다 물을 주고 있는데 물동이를 안고 우물 안으로 들어가 힘들게 물을 떠오곤 하였다. 그 앞을 지나던 자공이 보기가 딱하였던지 용두레라는 기계를 써 쉽게 물을 풀 수 있는 방법을 가르쳐 주었다. 그때 노인은 이렇게 말하였다.

> "용두레를 만들어 사용하면 좋은 줄은 나도 알고 있소. 그러나 몸이 편하자고 소중한 마음을 타락시킬 수는 없는 일이기에 다소 번거롭기는 하지만 이렇게 물동이로 물을 긷고 있는 것이라오."
>
> —「포옹장인抱甕丈人」에서

마음의 자유를 위해서 아날로그적인 삶의 방식을 버리지 말아야겠다. 속도는 미친 짓이다. 시간 개념이 없는 '무하유지향'에서는 나무도 다치는 일 없고, 사람의 마음도 괴로울 바 없는, 모든 게 다 자기로서 살아 있는 저마다 존재가치를 지니는 조화로운 화엄華嚴의 세계. 장자는 그것을 말하고자 함이 아니었을까.

문명의 발달이 인간의 몰락이라는 반 문명주의를 주창한 노자老子 역시 서로 마주 보이는 이웃 나라, 개와 닭소리 들리는데 내왕도 없으며 갑옷과 병기가 있어도 쓰일데가 없는 '작은 나라'를 '이상향理想鄕'으로 삼았다. 무기도 없고 살상도 없는, 인류가 공존하는 평화로운 세상을 일컫고자 했음이다.

인공지능이 인간을 앞설 거라는 우려의 목소리가 높지만 인간이 기계보다 뛰어난 것은 우리가 연약한 갈대로서 자신이 죽는다는 사실을 자각한다는 일이다. 죽을 줄도 모르는 기계는 꿈도 없고 눈물도 없고 체온과 자비심도 없다. 인간이 만든 냉혹한 괴물, IQ시대에 감성지능emotional intelligence이 더욱 절실하게 필요해지는 이유다. 프랑스의 비평가 아나톨 프랑스1844~1924가 왜 21세기를 '수필의 시대'라고 예단하였는지 그 의미를 곰곰이 되새겨보게 되는 것이다. 수필은 따뜻한 정情의 문학, 정서적 만족을 수여하는 EQ의 문학인 때문이 아닐까.

『사피엔스』의 저자 유발 하라리 교수의 말이 아니더라도 인공지능시대의 대안은 감성훈련EI이다. 미래 사회를 이같이 예견한

올더스 헉슬리나 아나톨 프랑스의 시대를 앞선 작가정신에 경의를 표하는 바이다.

좋은 수필을 쓰려면

수필은 산문이다. 산문은 뜻글이다.

"물건을 사려면 돈이 필요하듯 글을 쓰려면 뜻을 써야 한다." 이것은 중국의 문장가 소동파의 말이다. 수필은 붓 가는 대로 쓰는 글이 아니다. 우리가 편지 한 장을 쓸 때에도 말의 앞뒤와 차례를 생각하거늘 어찌 문학작품에 있어서이랴.

발레리는 시를 '춤'에 비유하고, 산문(수필)을 '도보徒步'에 비유한 적이 있다. 시는 목적 없이 흥겨우면 춤을 추지만, '도보'는 의도된 행선지를 따라 길을 걷는다. 수필의 경우에 의도된 행선지란 쓰고자 하는 글감의 주제 의식이 될 것이다. 무엇보다 수필은 짧은 형식의 글이기에 자신의 이야기를 효과적으로 전달하려면 주제 의식이 분명해야 한다.

1. 주제에 대하여

주제나 제재는 글 속에 하나만 있는 게 좋고 주제는 자신이 감당할 수 있는 범위를 넘지 않아야 한다. 글의 내용이 소화 가능한 것이라야 한다. 언젠가 헤밍웨이는 글쓰기의 비결에서 자신이 써야 할 내용의 70프로는 감추고 빙산의 일각처럼 30프로만 드러낸다며 감춰진 부분은 독자가 찾아 읽게 한다는 것이다. 영리한 독자는 행간에 숨은 70프로를 기쁘게 찾아 읽는다. 그러나 노파지심이 많은 나 같은 사람은 구구절절이 늘어놓다가 글이 그만 중언부언 되고 만다. 글감에 대한 정리가 충분하지 않은 탓이다. 많은 시간이 걸려 주제가 숙성되고 여과되었을 때 위에 고이는 맑은 물, 그것이 바로 30프로에 해당하지 않을까.

수필은 인생에 대한 새로운 해석이다. 그러므로 '무엇을 보느냐' 하는 것보다는 '어떻게 보느냐' 하는 것이 더 중요하다. '무엇'이라는 소재가 인생을 이야기하는 데 소용되는 자료에 불과하다면 '어떻게'는 작가가 인생과 우주를 바라보는 눈, 즉 그 작가만의 견처見處로서 주제에 대한 해석과 작가의 인생관을 그대로 드러낸다고 하겠다.

일본의 선승이자 시인인 료칸良寬 선사는 임종에 이르러 '겉도 보이고(현상) 속도 보이며(본체) 떨어지는 단풍이여'로 자신의 전 존재를 규명하는 하이쿠를 남겼다. 생을 마감하며 떨어지는 단풍은 죽되 죽지 않는, 자신의 진아眞我를 상징한다. 현상과 본체에 대한 도리道理를 색즉시공色卽是空으로 설파한다. 이처럼 새로운 해석을 위해서는 작가만의 성숙된 인생관이 요구된다. 글은 속일 수 없는 작가 그 사람이다. 자신의 키를 넘지 못한다. 좋은 수필을 쓰기가 어려운 이유도 바로 작가의 가치가 그대로 작품의 가치로 환치되기 때문이다. 인격 수양과 인간에 대한 이해, 그리고 내면의 풍부와 사물에 대한 깊은 통찰은 좋은 수필을 쓰기 위한 기본 덕목이라고 하겠다.

수필은 결코 손끝의 재주만으로 완성되지 않는다. 감나무 우듬지에 매달린 하나의 홍시처럼 땡감시절의 떫은 맛을 극복하고 단맛을 완성하기까지의 그 고단한 영적靈的 변환을 거쳐야 한다. 영적 변환이야말로 시나 소설이 넘보지 못하는 수필만의 또 다른 차원의 영역이다. 그것은 비 허구적인 방법으로 진실을 고해告解하며, 나 자신을 문학의 주체로 삼기 때문이다. 수필가의 정신은 신성불가침의 땅, 솟대(자기구원의 방)의 깃발이 나부끼는 영성靈性의 땅에 적을 두고 있다. 욕심이 떨어져나간 자리에 사람은 다만 자연의 일부로 존재한다. 어쩌면 수필은 자연의 받아쓰기인지도 모른다. 홍시의 일생에서 나는 수필을 짐작한다.

2. 좋은 수필의 요건

어떻게 하면 좋은 수필을 쓸 수 있을까? 필자의 오랜 소망이기도 한 이것을 위해 여러 선배들의 충고를 모아 보았다.

김태길 선생은 「좋은 수필의 조건」에서 "문장에는 문학적 향기가 가득하고, 내용에는 철학적 깊이를 느끼게 하는 글이 좋은 수필"이라고 언급한다.

문학적 향기는 아무래도 글쓴이의 인품과 비례할 테고, 철학적 깊이는 작가의 내공과 관련되지 않을까. 철학적 깊이는 하루아침에 '뚝딱' 채워질 수 있는 물통의 물이 아니다. 거기에는 부단한 사색과 조용한 관조와 끊임없는 독서, 그리고 체계적인 문사철文史哲의 인문학 공부가 병행되어야 할 것이다. "생각만 하고思而 공부하지 않으면不學則 위태롭다殆"라는 『논어』의 구절을 수필로 가져오면 생각만 많이 하고 밑바탕이 되는 공부가 없으면 글이 쑥처럼 온 들판에 얇게 퍼져 벼리(중심사상)가 서지 않을 위험성이 있는 경우와 같다. 사유를 뒷받침하는 '독서'는 과학적 근거, 학문적 전거가 되어 글의 뼈대를 튼튼하게 해줄 것이다.

윤오영 선생은 수필 쓰기를 '양잠설'에 비유하여 다음과 같이 말한다.

"그 사람 재주는 비상한데, 밑천이 없어서." 뽕을 덜 먹었다는 것이다. 독서의 부족을 말한다.

"그 사람 아는 것은 많은데, 재주가 모자라." 잠을 덜 잤다는 것이다. 사색의 부족과 비판 정리가 안 된 것을 말한다.

"그 사람이야 대가지, 훌륭한 문장인데 경지가 높지 못해." 고치를 못 지었다는 것이다. 일가一家를 완성하지 못했다는 것이다. 나는 양잠가에게서 문장을 배웠다.

윤오영 선생의 '양잠설'에서 나도 큰 깨우침을 얻었다. 그동안 나의 독서라야 일관성 없는 남독에 불과하였고 이제야 작가의 사상과 문학의 연계성을 짚어보다가 겨우 그 뿌리의 연원을 짐작이나마 하게 된 것이다.

자연 속에 존재하는 영적靈的인 실재를 믿으며 자기 내면의 신성神性을 느끼고 더 큰 영혼과 소통해야 한다고 외친 콩코드의 철학자, 에머슨의 사상은 마르쿠스 아우렐리우스 황제에게 닿아 있었다. 스토아학파의 철학자인 황제는 인간을 자연의 일부로 보고, 존재하는 것은 유전流轉하며 이것은 완벽하게 자연의 지배를 받는 것으로 인간 속에 있는 신성神性을 통해서 인간은 발전할 수 있는데 그 신성을 유지하기 위해서는 철학자가 되어야 한다고 말했다.

아우렐리우스의 『명상록』과 에머슨의 『자연론』, 소로의 『월든』, 카뮈의 『시시포스의 신화』, 몽테뉴의 『수상록』은 모두 훌륭한 수필집이다. 몽테뉴의 철학은 고대 철학가 에피쿠로스, 호라티우스, 루크레티우스, '인간은 만물의 척도'라고 외친 프로타고라스 외에도 키케로와 세네카를 애독했고, 에머슨과 소로는 바가바드 기타, 유교, 힌두이즘 등의 동양철학에 심취하였다. 그들의 수필이 철학에 뿌리를 기댄 연유를 알 수 있었다.

수필은 어떻게 쓸 것인가도 중요하지만 무엇을 쓸 것인가도 중요하다. 왜냐하면 수필은 뜻글이기 때문이다. 글 짓는 솜씨가 아무리 빼어나도 글감(사상)이 부실하다면 튼실한 고치집은 기대하기 어렵다. 글감(주제 의식)도 좋고 고치집도 튼실하게 지을 수 있다면 그야말로 떼놓은 당상이다. 무엇을 쓸 것인가는 주제 의식에 대한 철학적 탐구를 요청한다. 왜냐하면 주제는 결국 인간을 묻는 철학적 사유의 결과물이기 때문이다.

3. 어떻게 써야 하는가?

수필은 짧은 형식의 글이기 때문에 효과적 전달을 위한 고도의 형식과 기교의 구성을 필요로 한다. 한마디로 서술 전략이 필요하다. 수필 쓰기에 있어 진술방식은 묘사描寫와 서사敍事가 주로 동원된다.

묘사는 모양이나 빛깔, 소리, 냄새, 맛, 촉감 같은 것을 그려보이는 진술이다. 오관을 통한 사물의 체험을 생생하게 표현하는 감각적 표현 능력이야말로 문학적 감수성과 연관된다. 감수성도 훈련이 필요하다. 미술, 음악, 연극 등 예술 전반에 대한 이해와 접촉이 있어야 한다. 서사는 사건을 이야기해 들려주는 진술방식이다. 이 두 가지의 적절한 안배가 필요하다. 묘사에 치우치면 자칫 주제에서 멀어지기 쉽고 서사에 치우치면 글이 지루해지거나 건조해지기 쉽다.

문장 표현은 과감한 생략과 함축으로 설명이 아닌 비유 언어로 이미지 형상화에 성공을 거두어야 한다. 수필은 우리의 선별된 체험을 그대로 나열하는 게 아니라 문학적 경로를 통해 하나의 작품으로 다시 태어나야 하기 때문이다. 삶의 이야기가 문학이 되고 예술이 되려면 그것은 문학적 언어로 가공되고 재창조되어야 함을 말한다.

프랑스의 비평가 알바레스 교수는 그의 저서 『20세기 문학의 총결산』에서 수필은 '지성을 바탕으로 한 정서적情緒的, 환상적 이미지의 문학'이라고 정의한 바 있다. 환상적 이미지의 문학이 되기 위해서는 상상력이 공급되어야 하고 자연히 형상화의 문제가 뒤따른다. 『국어사전』(민중서관)에도 "문학은 정서·사상을 상상의 힘을 빌어서, 언어문자로써 표현한 예술 및 그 작품"이라고 정의한다. 여기서 키워드는 상상想像이다. 상상은 문학의 필수 조건이다.

4. 상상력에 대하여

상상력을 통해서 전개되는 이야기가 아니라면 그것은 예술성을 잃게 되고 만다. 기록은 수필이 될 수 없다.

"시인이 시인인 것은 오직 은유의 영역에서 뿐이다"라고 한 왈레스 스티벤스의 말대로 시인이 사용하는 기법은, 상상력을 동원한 상징과 은유로 이미지의 창출에 있다. 좋은 시는 대상의 의미와 가치를 독특한 이미지를 통해서 전달한다. 은유를 사용하는 능력은 대상의 본질本質을 파악하는 능력이며 유사성을 포착해내는 탁월한 직관력이다. 예를 들자면 '가을부채[秋扇]'는 철지난 여성으로 퇴기를 상징한다. 이처럼 작가에게 포착된 시선이 은유로 환치될 때 독자는 기쁨과 쾌감을 느낀다. 작가가 A(추선)를 통해서 B(퇴기)를 나타내면 독자는 상상을 통해서 A를 통해 B를 유추해낸다. 상상력에 의해서 원형의 이미지에 도달했을 때의 감동이 바로 아름다움이라는 것이다. 이러한 미적 감동이 바로 수필의 성패를 가름한다.

'이미지 현상학'으로 유명한 프랑스의 철학자 가스통 바슐라르는 아름다움의 본질을 '상상의 이미지'에서 찾았다. 그는 '이미지의 세계가 곧 예술의 본질'이라며 다음과 같은 설명을 덧붙인다.

'미적 감동이란 상상력의 견지에서 본다면 이미지가 상상력을 촉발시킴으로써 상상력이 그의 온 힘으로 그 이미지를 움직임 속에서 밀고 갈 때, 즉 이미지가 상상력의 진전인 움직임 속에서 원형의 이미지로 동적動的인 변화를 수행할 때, 우리가 느끼는 정신적 효과'라는 것이다. 그러니까 예술의 본질인 미美는 이미지에 의해서 우리가 상상력을 유발하고 느끼는 '혼의 울림'이라는 것이다.

이미지란 우리 마음의 세계에 한 폭의 그림처럼 떠오르는 구체적인 형태를 의미한다. 심상心像이라든가, 영상映像이라고 하는 것이 그것이다. 어떤 사물, 어떤 사실을 독자에게 실감 있게 전달하기 위해서는 그 사물의 형태를 재현시켜주고 사물의 현상을 눈으로 보듯 구체적으로 묘사해야 한다. 이것을 형상화, 즉 이미지화라고 한다. 형상화란 감각이 포착해낸 것을 그려내는 일이다. 감각적 체험과 관계가 있는 일체의 낱말은 모두 심상이 될 수 있다. 심상은 구체어에 자극받아 기억되거나 상상되는 '감각적 경험'이다. 자신의 슬픔이나 분노까지도 문학에서는 감각적 구체어로 표현해야 한다. 지리산 전투에서 몇 백 명의 민간인이 학살되었다는 기사보다는 단 한 명일지라도 그가 학살되는 장면의 가해자와 피해자의 모습, 그 자리의 비명소리와 붉은 피를 구체적으로 표현하는 글이 더 많은 공감을 전해준다. 독자는 그런 것을 원한다.

수필 작법에 문제를 제기한 김우종 선생은 '상상적 기법의 부재不在'를 거론하며 "픽션인 소설과 달리 수필의 기본은 사실fact이므로 꾸며 쓴 허구가 아닌, 상상의 힘을 빌려 예술의 감동을 증대하자"는 수필의 예술성을 강조한 바 있다. 모든 예술 분야가 지닌 미적 감동의 근원은 상상력에서 생기는 것. 그러므로 수필이 찾아야 할 요건은 '상상력의 세계'이다. 그리고 수필의 과제는 시의 경우와 마찬가지로 '이미지의 창출'이다. 표현방법의 핵심은 상상력을 유발시키는 이미지의 성공 여부에 의한다.

좋은 수필, 아름다운 수필을 쓰려면 감동을 주는 장치를 만들어야 하며 그 장치는 곧 '상상의 세계'라는 것을 유념할 필요가 있다. 영국의 수필가 조셉 에디슨은 「상상의 즐거움」이라는 평론에서 '상상은 감각의 대상이 없을 때에도 머릿속에서 심상心像을 만들어가며 여러 심상들을 융합하여 전혀 새로운 심상을 형성할 수 있는 능력'이라고 덧붙였다. 수필 작법에 아주 긴요한 조언이다. 심상은 상상력으로 복원되는 감각적 경험이다. '상상은 영혼의 감각'이라고 말한 이는 영국의 시인 윌리엄 브레이크였다. 상상의 힘을 빌려서 문학 수필에 이바지해주기 바란다.

문예비평가인 아나톨 프랑스는 수필을 '미래의 문학'으로 손꼽는다. 그것은 IQ보다 EQ가 중시되는 시대에 수필은 정서적 만족을 수여하는 EQ의 문학이기 때문이다. 정서순화情緖醇化와 일심一心의 청정淸淨. 한 사람의 청정한 마음이 곧 맑은 공기처럼 온 인류의 마음을 조용히 정화淨化시킬 수 있다.

한 편의 수필이 세계 평화에 기여하게 될 날을 기다린다. 수필은 그런 문학이다. 벨기에의 작가 메텔링크의 뒤를 이어 수필에서도 노벨문학상 수상자가 나오기를 희망한다.

제5장

독서의 즐거움

그 밝은 것을 어둡게 하라
가득 찬 것은 오래 갈 수 없다
살아 있는 것은 다 행복하라
자아의 속임수를 폭로하다
만들어진 신
마지막 선물
보르헤스의 불교 강의

그 밝은 것을 어둡게 하라

반일정좌半日靜坐.

반일독서半日讀書.

하루의 반을 잘라, 반나절은 고요히 앉아 내면을 응시하고 반나절은 옛 성현의 말씀을 읽는다는 주자朱子를 생각한다. 노년의 한가한 때란 독서에 알맞으나 길게 뻗칠 수도 없고 가끔 성현의 말씀으로 심중의 묵은 때나 벗기고자 한다. 그러나 주자의 경우는 온 하루가 공부였다. 그의 생애는 독서와 공부로 점철된 일상이었다. 그는 송나라가 만주족[金]의 압박을 받아 강남으로 옮겨간 남송南宋 시대 건염建炎 4년 복건, 우계현에서 태어났다.

대금對金정책을 둘러싸고 당시 신구 양당은 화의파와 주전主戰파로 갈렸는데, 그의 아버지 주송은 항전을 주장한 도학道學 신봉자에 속했다. 정계에서 추방당한 주송은 명석한 외동아들에게 북송의 정자학程子學을 전수하는 등 아들 교육에 정성을 쏟았다. 14

세에 부친을 잃은 주자는 아버지의 유언대로 친구 세 분을 찾아가 스승으로 모시고 학문에 매진했다. 먼저 유백수는 주자를 사위로 삼았고, 호적계는 그에게 주역을 가르쳤다. 유병산은 주자에게 '원회元晦'라는 자字를 내렸다.

"그 밝은 것[智德]을 어둡게 하라"는 '회기명야晦其明也'의 회晦.

이것은 『주역』의 지화명이地火明夷 괘에서 유래한다. 태양이 땅속에 들어가는 것이 명이明夷이다. 명이는 밝음이 상한 때를 가리킨다. 소인이 득세한 어려운 때를 당하여 군자는 자신의 바른 도를 지키되 그 덕을 드러내지 않아야, 해치려는 무리들에서 무사할 수 있음을 시사한다.

유병산은 강직한 친구를 떠올리며 그의 아들에게 이런 글자를 유념해 지은 것인지도 모른다. 그는 "밝은[해] 것이 땅 속으로 들어가는 어둠의 때가 '명이'이니 군자는 이를 본받아 뭇사람에게 임할 때, 어둠을 써서 밝게用晦而明하라"는 『주역』「상전象傳」의 말씀, 즉 '회장晦藏'을 취해 자를 짓고는 이렇게 덧붙였다.

> 나무는 그 뿌리를 어둡게 하여 봄의 광채를 갈무리하며, 사람은 그 몸을 어둡게 하여 신명神明을 살찌운다.

나무의 뿌리를 어둡게 하지 않는다면 어찌 봄의 광채를 볼 수 있겠는가.

주자는 그런 스승의 말씀을 잊지 않았다. 원회元晦와 중회仲晦를 자로 썼으며 호를 스스로 회암晦庵이라고 지었다. 고려의 안향은 주자의 호에서 '회晦' 자를 가져와 자신의 호를 '회헌晦軒'으로 삼았고, 중종 때의 성리학자 이언적은 주자의 학문을 따른다는 의지로 자신의 호를 '회재晦齋'라고 지었다.

예로부터 지혜로운 이들은 '회장'을 사용했다. 주나라 문왕은 지덕을 감추고 어둡게 하여 폭군인 주紂로부터 죽임을 피할 수 있었고 '회장'의 양광佯狂(거짓 미친 체)으로써 은나라 기자箕子나 제나라 손빈은 목숨을 보전할 수 있었다. 안으로는 총명함을 감추고, 어수룩한 모습으로 관용의 덕으로 남을 편안하게 해주는 현덕玄德을 노자는 찬양해 마지않았다. 도와 하나가 되어진 성인의 덕을 '현덕玄德'이라고 한다. 대도大道에 이르는 성인은 현덕을 몸에 감추고 자신의 총명을 나타내지 않고 그 빛을 안으로 싸서 부드럽게 하며 세상 사람들과 함께 어울렸다. 겉에는 허름한 베옷을 입고 안에는 옥玉을 품는다는 성인. 자연과 하나된 사람은 '도은무명道隱無名'처럼 스스로를 숨겨 이름을 드러내지 않았다. 그 밝은 것을 어둡게 쓸 뿐이었다.

주자는 67세 때 도학의 수난극인 '위학僞學의 금禁'을 당하였다. 이는 왕안석의 신법당과 사마광의 구법당이 일으킨 당쟁으로 항전을 주장한 도학자들의 탄압이었다. 이때 주자는 사록관직에서 파면 당했고 생명의 위협까지 느꼈다. 만년에 그를 괴롭힌 여러 가지 병환으로 자신의 육체를 파옥破屋에 비유하면서도 그동안의 저술을 수정하는 데 온 힘을 쏟았다. 채원정과 함께 편찬한 『역학계몽』『주역본의』『시괘고오』『태극도설해』『통서해』 등 80여 종에 이르는 저서를 남겼다.

성리학이라는 학문체계를 수립하고 공자를 다시 세상에 살려낸 공로로 그는 공자의 사당에 배향되어 불천위가 되었다. 그의 마지막 유훈은 '견인각고堅忍刻苦.' 이것은 그의 유훈일 뿐만 아니라 주자의 삶 자체였다고 할 수 있다. 만년에 주자는 시력을 잃어 글자를 볼 수 없었다. "진리란 그저 꾹 참고 파들어가는 것뿐이네."

'학문은 극기克己'라던 그 분의 말씀이 왠지 아프게 닿는다. 넉넉지 못한 집에서 태어나 일찍 부친을 여의고 각고의 노력 끝에 보통 사람이 이룰 수 없는 경지에 도달한 사람. 그의 학문은 입신영달이 아니라 자기 자신을 위한 위기지학爲己之學으로 마침내 성인이 되는데 그 뜻이 있었다. 그는 거기까지 도달한 사람이었다. 그에겐 안으로는 내명內明하게 밖으로는 유순하게 자기를 낮추었던 '회기명야'의 실천이 있었던 것이다. 내 본디 어둡고 우매한 사람이지만 자신의 장점을 드러내지 않고 밝은 덕을 감추며 수수하게 살라는 『주역』의 말씀에 귀를 씻으며 자신을 경계하는 금과옥조로 삼고자 한다.

가득 찬 것은 오래 갈 수 없다

해는 중천에 이르면 이윽고 서쪽으로 기울기 시작한다. 달도 만월을 이룩하는 순간부터 점점 그믐달이 되어간다. 차면 기울고 기울면 다시 차는, 일월영측日月盈昃. 이것이 천도天道의 운행방식이다. 추운 때가 물러가면 더운 때가 다가온다. 한래서왕寒來暑往. 이 한 치의 오차도 없는 사계절의 순환, 그 운행의 근거가 바로 역易이다. 한번 추우면陰 한번 덥고陽, 한번 밤陰 되면 한번 낮陽 되는 이것을 일러 도道라고 한다.

음이 극에 달하면 양으로 변하고, 양이 극에 달하면 음으로 화化하는 음변양화, 이러한 음양 변화의 철학이 『주역』이다. 때를 따라서 변하고 바뀌면서 도를 따르는 것을 역易이라고 하지 않던가. 다만 수시로 변해가는 상황이 있을 뿐이다.

그러니 슬퍼하지 말자. 천지사방이 꼭꼭 틀어 막힌 비색한 운명도 마침내는 기울어지나니 그것이 어찌 오래 갈까보냐고 『주역』의 천지비天地否 괘는 우리를 위로하며 다독여준다.

"비종즉경否終則傾하나니 하가장야何可長也리오"를 뇌이던 때가 떠오른다.

나는 매서운 북풍 앞에서 즐겨 셸리의 시구를 외치곤 했다.

"어이 봄이 멀랴."

천지에 따사로운 봄은 오고 녹음방초 우거진 호시절의 때가 도래했다고 너무 즐거워만 하지 말자. 그것도 오래 갈 수 없기 때문이다. 천도는 가득 찬 것을 미워한다. 그 찬 것을 깍아내고 겸손한 자에 보탠다. 덜고, 보태고, 가득차고, 기우는損益盈虛 천지 자연의 이치는 언제나 때에 따라서 행하여지는 것이다. 지금 내가 처한 자리는 어디인가? 좌표를 살펴보고 신중하게 진퇴를 결정해야 한다. 나아갈 때가 아니면 근신하면서 조용히 때를 기다려야 한다. 그때를 아는 것, 때에 이르르고자 하는 '욕급시야欲及時也'를 위해서 군자는 덕을 쌓고 학업을 닦아 이를 데를 알아 이르르고, 마칠 데를 알아서 마치는지라 가히 의리를 지킬 수 있었다.

요즘은 마칠 때가 되어도 물러나지 않는 사람, 떠날 때가 되어도 자리를 비켜주지 않는 사람들을 보게 된다. 새 잎을 위해 나무는 제 몸의 잎을 죄다 떨구고 낙목한천에 빈 몸으로 서 있다. 창밖의 나목을 유심히 바라보게 된다. 시중時中은 아름다운 질서이다.

시중의 때란 무엇인가? 상황에 맞게 진퇴를 일러주는 『주역』의 말씀에 귀를 기울이게 된다. 같은 중천건重天乾 괘라 해도 여섯 효의 왕래 변화 속에 때[時]의 개념이 정립되고 각기 처해진 다른 입장들이 드러난다.

예를 들면 도연명은 초9에 해당하고(9는 양의 표시이며 초는 1효를 가리킴), 윤선도는 94에 해당한다고 볼 수 있다. 그들은 용덕龍德을 갖춘 군자로서 모두 뛰어난 시인이었다. 그러나 때가 불리했으니 초9의 도연명은 '물속에 잠긴 용[陶潛]'으로 은거해야 했고 94의 윤선도는 연못 속에 처해져 '혹약재연或躍在淵'하며 보길도에서 때가 도래하기를 기다려야 했다.

또한 건괘 92와 95는 제갈공명과 유비에 비견해볼 수 있으리라. 신하인 92는 '밭에 나타난 용見龍'으로 대인을 만나보는 것이 이롭고 임금인 95는 '나르는 용飛龍'이 하늘에 있는 것이니 이 또한 대인을 만나보는 것이 이롭다. 효의 자리가 다르긴 해도 동덕同德으로써 이미 의기가 투합되고 있으니 이들은 만나야 천하의 대의를 도모할 수 있고 천하의 사업을 성취할 수 있었다. 잠룡, 현룡, 비룡을 거쳐 맨 마지막 효는 항룡이다. '항亢'이란 높다는 뜻이다. 항룡이란 하늘 높이 도달한 용으로 가장 윗자리에 처해 지나치게 극한데다가 괘상으로 볼 때 부중不中, 부정不正하여 더 나아갈 바가 없으니 '뉘우침만 남는다'고 『주역』은 '항룡유회亢龍有悔'의 경계사를 썼던 것이다.

'항룡유회'의 말뜻은 나아갈 때가 있으면 물러날 때도 있다는 것을 모르고, 존재함이 있으면 망할 때가 있다는 것을 모르며, 얻음이 있으면 잃을 때가 있다는 것을 모르는 것이다. 얼마 전, 대한항공에서 땅콩사건으로 비행기를 회항시킨 부사장의 오만을 보면서 정상까지 올라간 용은 뉘우침이 있으리라는 '항룡유회'가 떠올랐다.

부모의 덕으로 요직에 올라 성숙할 시기 없이 자리가 높아지니 교만해져 민심을 잃는다. 따라서 "귀해도 위位가 없으며 높아도 백성이 없으며, 어진 사람이 아래에 있어도 돕는 이가 없다. 그러므로 움직임에 뉘우침이 있다"고 『주역』은 충고한다. 우선 극단까지 올라가지 않는 게 좋겠고 마지막 자리인 상구에 이르렀다 할지라도 언젠가 물러날 때가 있다는 것을, 자신이 없어질[亡] 때가 있다는 것을, 그리고 잃을 때가 있다는 것을 명심하면서 '진퇴존망進退存亡'의 도를 알고 행한다면 그 자리에 있어도 허물됨은 면할 수 있지 않을까. 무엇보다 뜻은 가득 채우지 않는 것이 좋겠다.

왜 항룡유회인가? 가득 찬 것은 오래 갈 수 없기 때문이다.

'영불가구야盈不可久也'의 말씀을 소리 내어 가슴에 새긴다.

살아 있는 것은 다 행복하라

이보다 더한 축복이 있을까?

'살아 있는 것은 다 행복하라.' 생명이여, 일어나 춤추어라. 이렇게 축도하시는 분의 손길에 자비광명이 실리고 그 아래 누운 작은 풀꽃에 이르기까지 생명을 일깨우시는 서원誓願, 그런 감동을 전해 받으며 법정 스님의 잠언집『살아 있는 것은 다 행복하라』를 조심스레 펼쳐든다. 인간은 마땅히 행복해야 한다. 그러나 우리는 늘 행복하지 못하다. 왜 행복하지 못한가? 행복이란 무엇이며, 존재란 무엇인가를 되묻는 사람에게 이 책은 친절한 안내서요, 고요한 벗이며, 한편 정직한 거울 앞에 우리를 세워 놓는다.

"세상의 먼지가 온몸에 두드러기 같은 부작용을 일으킬 때, 영혼의 울림을 담은 그의 글은 청정한 소나무 숲에서 며칠 동안 산림욕을 경험한 것처럼 의식을 정화시킨다"고 엮은이 류시화는 서두에서 밝히고 있다. '의식의 정화淨化'를 위해 나는 이 한 권의 책을 옆에 놓아둔다. 채우기보다는 비우라고 나직하게 일러준다. '덜 갖고도 더 많이 존재할 수 있어야 한다'고 타이른다. '더 검소하고 작은 것으로써 기쁨을 느껴야 한다'고 속삭인다. '행복의 비결은 필요한 것을 얼마나 갖고 있는가가 아니라, 불필요한 것에서 얼마나 자유로워져 있는가에 있다'는 이런 정공법의 표현도 설득력이 있지만 나는「내 자신이 부끄러울 때」라는 글에서 더 많이 부끄러운 내 자신을 돌아다보게 된다.

"내 자신이 몹시 초라하고, 부끄럽게 느껴질 때가 있다. 내가 가진 것보다 더 많은 것을 갖고 있는 사람 앞에 섰을 때는 결코 아니다. 나보다 훨씬 적게 가졌어도, 그 단순과 간소함 속에서 삶의 기쁨과 순수성을 잃지 않는 사람 앞에 섰을 때이다. 그때 내 자신이 몹시 초라하고 가난하게 되돌아 보인다"는 잠언이 문득 나를 아프게 일깨운다.

"소유한 것을 버리고, 모든 속박에서 그대 자신을 해방시키라. 그리고 존재하라. 인간의 목표는 풍부하게 소유하는 것이 아니고 풍성하게 존재하는 것이다"라는 대목에서 또 한번 멈추어 서게 된다.

인간의 목표는 풍성하게 존재하는 것.

풍성과 존재 사이에 엉거주춤 걸쳐져 있는 내 자신을 돌아보게 한다. '문명의 잡다한 이기로부터 벗어나 하루 한순간만이라도 순수하게 홀로 있는 시간을 갖는다면 삶의 질이 달라질 것이다.'

이렇게 그는 깨어 있는 사람만이 자기 몫의 삶을 제대로 살 수 있으며 자기 분수를 헤아려 삶의 질을 높여 갈 수 있다고 말한다. 깨어나 홀로 있음의 존재를 각성시킨다.

출가한 지 50년, 어느새 저자는 등뼈가 굽은 노승이 되었건만 굳이 상좌의 시봉도 물리치고 깊은 산 속 오두막에서 홀로 존재한다. 달빛과 가끔 마주앉는다. 자다가 깨게 되는 것은 방안에 스며드는 훤한 달빛 때문.

'살아온 날보다, 앞으로 살아갈 날이 많지 않으니 잠들지 말고 깨어 있으라는 소식으로 받아들이면 맑은 정신이 든다'는 대목에서 깨어 있음과 맑은 정신의 표상인 법정 스님의 진면목과 만나게 된다.

'중천에 떠 있는 달처럼 내 둘레를 두루두루 비춰주고 싶다'는 나직한 목소리의 서원을 다시 한번 듣는다.

행복이란 무엇인가.

밖에서 오는 행복도 있겠지만, 이렇게 안에서 꽃 향기처럼 피어나는 것이 진정한 행복이라며 행복하기 위해서는 자신이 소유한 것에 소유 당하는 인간 삶의 허상으로부터 벗어나야 할 것을 이 책은 간곡하게 말하고 있다.

자아의 속임수를 폭로하다

『승려와 철학자』는 프랑스의 철학자인 아버지와 승려가 된 아들이 열흘 동안 나눈 대담록이다. 이들 부자는 1996년 5월, 카투만두의 어느 외딴 산장에서 20년 만에 만났다. 아버지 장 프랑수아 르벨(75세)은 문학과 철학을 전공한 대학교수였고 그는 모든 형이상학이 다 공허하다는 불가지론不可知論적, 비종교적, 무신론적 입장을 견지하는 반면 그의 아들 마티유 리카르(35세)는 분자생물학 박사를 취득한 과학자로서 티베트의 정신적 스승들로부터 가르침을 얻기 위해 히말라야로 떠났다가 승려가 되었다.

7년 동안 다르질링에서 스승 칸규르 린포체를 모셨고, 스승 딜고키예체 린포체를 12년 동안 시봉하다가 1979년에 삭발했다. 가치관이 서로 다른 동서양의 입장에 대해 그리고 삶과 죽음이란 철학적인 명제뿐만 아니라 안락사나 인종갈등 등과 같은 현대의 쟁점들에 관한 고민과 과학 분야에 이르기까지 그들의 토론은 폭넓

게 이어졌다. 주로 아버지가 묻고 아들의 답을 경청하는 입장을 취한다.

불교란 무엇인가? '왜 서양에서 불교가 급속한 성공을 거두고 있는가'라는 질문에 초점이 모아졌기 때문이다. '공空과 무無는 무엇을 뜻하는가?' 아버지의 질문에 아들이 대답한다. 무無에는 아무것도 없는 반면 공空은 곧 보편적인 가능성, 우주, 존재들, 운동, 의식 등을 의미한다. 만약 궁극적인 본성이 공空이 아니라면 발현은 전혀 이뤄질 수 없다. 공간이 없으면 가시적 세계가 전개될 수 없는 것과 마찬가지다. 때문에 경전에서 '공空이 있으므로 곧 만물이 존재한다'라고 하는 것이다.

아버지 장 프랑수아가 묻는다. '죽음은 두려운 것이냐?' '죽음은 친구 같은 존재, 삶의 한 단계, 단순한 옮겨감일 뿐입니다.'

이 책은 그들이 알아서 요체만을 추려서 들려주는 우리를 위한 문답 같다. 그 중에서도 '환생과 윤회'에 대한 문답은 이 책의 백미로 꼽고 싶다.

'우리가 본 세 살짜리 아이가 네 스승 키엔체 린포체의 환생이라고 하는 근거는?' 하고 아버지가 물었다. 아들 마티유의 대답이다.

"불교에서 환생還生이라고 부르는 것이 그 어떤 '실체實體의 전생轉生', 즉 윤회와 아무런 관련이 없다는 점을 잘 이해하셔야 합니다." 그는 계속적인 윤회를 통과하는 것은 동일한 '인격'이 아닌, 조건으로 제약된 '의식의 흐름'이라는 것이다. 문제가 되는 것은 연속체, 다시 말해 그 흐름을 관통하는 어떤 고정되고 자율적自律的인 실체實體가 없이 '영속永續되는 의식의 흐름'이라고 답한다. 마치 흐름을 따라 내려가는 나룻배가 없는 강물, 혹은 연속적으로 다음 등잔으로 옮겨가는 불꽃에 비유하면서 마지막에 가면 그 불꽃은 처음 등잔의 불꽃과 같은 것도 아니고 다른 것도 아니라고 답한다.

"자아가 고유한 존재를 갖고 있지 않다고 해서 특정한 의식의 흐름이 다른 의식의 흐름과 구별되는 독특한 속성을 갖지 않는 것은 아닙니다. 중요한 것은 자아를 없애는 일이 아닙니다. 자아는 실재實在로 존재한 적이 없기 때문입니다." 중요한 것은 자아의 속임수를 폭로하는 일이라면서 그는 이런 예를 들고 있다. 가령 어떤 이가 얼룩덜룩한 끈을 뱀으로 착각하다가 불을 켜고 그 물체가 뱀이 아니라는 사실을 알았을 때, 그 사람은 뱀을 없앤 것이 아니다. 애초부터 뱀은 존재하지 않았으니까. 다만 그는 환상을 일소했을 뿐이라고. 불교 수행의 본질은 이렇듯 자아에 대한 환상을 일소하는 것이라고 그는 힘주어 말하고 있다.

만들어진 신

『만들어진 신』의 원제는 'The God Delusion(신은 망상)'이라는 뜻이다.

이 책의 저자 리처드 도킨스는 『이기적 유전자』를 쓴 영국의 진화생물학자이며 옥스포드 대학의 교수이다.

진화나 무신론無神論을 지지하는 논리를 이해하고자 한다면 그의 책은 최고의 안내서가 될 것이라는 구절이 눈길을 끌었다. 리처드 도킨스는 기독교와 이슬람을 냉정하게 비판한다. 그가 이슬람 근본주의를 비판한 것은 1988년 호메이니가 전 세계 이슬람 신자들에게 인도 출신 영국 소설가인 살만 루시디를 죽이라는 칙령을 내렸을 때였다. 루시디의 소설 『악마의 시』가 이슬람을 모욕했다는 이유에서였다. 도킨스는 그를 위해 지지하는 글을 써서 발표한 예술가와 과학자 35명 중의 하나였다. 그는 이 책에서 묻고 있다. '어째서 종교는 모욕당해서는 안 되느냐?'

타인의 신앙을 존중하는 종교적 관용이 오히려 종교에 대한 토론 자체를 가로막는 장치가 되었다고 그는 비난했다.

"나는 세상을 바꾸고 싶어서 이 책을 썼습니다. 근본적인 동기는 과학적 진실에 대한 사랑입니다. 나는 과학자입니다. 신神 혹은 신들이 존재한다는 믿음은 우주에 대한 매우 중요한 과학적 가설이라고 생각합니다. 나는 그것이 '오류'라고 봅니다."

그는 과학자로서 그가 왜 그렇게 생각하는지 책을 써서 설명할 필요를 느꼈다고 말했다. 도킨스는 신의 존재, 혹은 부재不在가 논증의 대상이자 과학적인 가설이라고 생각한다.

주류 종교에서 주장하는 '전지전능한 신' 개념은 착각delusion이라는 게 그의 주장이다. 신은 존재하지 않는다고 말한다. 그는 이 논제들을 책 속에서 차근차근 풀어나간다. 미국의 물리학자 스티븐 와인버그의 말을 이렇게 인용했다.

"종교는 인간의 존엄성을 모독한다. 그것이 있든 없든 선한 사람은 선행을 하고 나쁜 사람은 악행을 한다. 하지만 선한 사람이 악행을 한다면 그것은 종교 때문"이라고.

자살 테러범들은 악행을 저지르려는 게 아니며 그들이 얼마나 종교의 가르침을 잘못 이해했을지 몰라도, 자기네 나름대로는 자신이 종교의 가르침에 따라 정의로운 행동을 한다고 믿기 때문이니 따라서 우리는 종교적 극단주의가 아니라, 종교 그 자체를 비판해야 한다고 그는 또 강조했다.

종교 없는 세상에는 자살 테러범도, 9·11도, 런던 폭탄 테러도 십자군전쟁도 마녀사냥도, 화약 음모도, 인도 분할도, 이스라엘과 팔레스타인의 전쟁도, 세르비아, 크로아티아와 보스니아에서 벌어지는 대량 학살도, 북아일랜드의 분쟁도 없었을 것이라고 말했다. 그는 신이 없어도 인간은 열정적이고 영적靈的일 수 있다는 것이다. 신은 없다. 모든 종교는 틀렸다. 도킨스는 수많은 과학적 논증을 펼치며 신이 없음을 입증하고 오히려 신을 믿음으로써 벌어진 참혹한 전쟁과 기아, 그리고 빈곤의 문제를 일깨운다.

그는 '위로'라는 장에서 '종교를 버리면 그 자리에 무엇을 넣을 것인가'에 이렇게 답하고 있다. '우리가 신神 없이 살면 우울해할 타당한 이유가 있는가를 묻는 쪽에 더 흥미를 느낀다고. 그러나 나는 정반대로 초자연적인 종교 없이 행복하고 충족된 삶을 살 수 있다는 말로 이 책을 끝맺고자 한다. 그리고 신이 사라진 뒤, 인간 사회는 어떻게 될 것인가? 인간은 더욱 인간을 의지하며 본연의 가치인 사랑과 연민을 찾게 될 것이다. 우리가 신에게 의지하지 않을 때, 우리는 스스로 생각하고 서로를 도우면서 더 충만하고 만족스러운 삶을 살 수 있다'는 대목에서 나는 붓다의 자등명自燈明의 가르침을 떠올렸다.

마지막 선물

'생사학生死學' 분야를 국내 최초로 소개한 오진탁 교수는 한림대 생사학연구소에서 '웰다잉 체험교실'을 운영하는 등 성숙한 죽음문화 정착을 위해 애쓰고 있는 분이다. 그가 펴낸『마지막 선물』은 죽음의 미니 백과사전이라고 할 수 있을 만큼 다양한 내용을 아우르고 있다.

'제1장 웰빙을 넘어 웰다잉으로'에서는 거룩한 죽음을 맞기 위한 준비사항을 구체적으로 제시한다. 유언 남기기와 영정사진 찍기. 가족, 친구들과 화해하고 용서하기. 진심으로 회개하기. 유산 정리하기. 자신의 약사略史 쓰기. 마지막 헌신(안구, 시신 장기기증 등) 등을 제시한다. 대신 떠나는 사람을 위해 남은 사람이 해줄 수 있는 다섯 가지의 임종치료도 소개한다.

① 불필요하게 죽음의 순간을 연장하지 않는다. ② 환자에게 맞는 최소한의 통증 조절. ③ 환자 자신이 통제력을 유지하도록

돕는다. ④ 죽음에 대한 부담감을 덜어준다. ⑤ 사랑하는 사람들과의 관계를 따뜻하게 유지하고 마무리 짓게 한다. 삶을 아름답게 마무리해야 하는 것은 죽음이 우리에게 주는 마지막 선물이기 때문이라는 것이다.

그가 소개한 스코트 니어링 부부의 사별死別 장면은 감동적이다.

스코트는 100살이 되기 한 달 전 어느 날, '더 이상 음식을 먹지 않겠다'고 선언했다. 맑은 의식을 지닌 채 죽음을 맞기 위해 음식 섭취를 중단하고 서서히 품위있게 그리고 평화롭게 육신의 옷을 벗고자 했다. 1983년 8월 24일 아침. 부인 헬렌은 스코트가 죽어가는 것을 지켜보았다. 작은 소리로 헬렌은 아메리카 토착민의 노래를 읊조렸다.

> 나무처럼 높이 걸어라. 산처럼 강하게 살아라. 봄바람처럼 부드러워라. 네 마음에 여름날의 따뜻함을 간직해라. 그러면 위대한 혼이 언제나 너와 함께 있으리라.

헬렌이 또 그에게 말했다. "여보, 이제 무엇이든 붙잡고 있을 필요가 없어요. 몸이 가도록 그냥 두세요. 썰물처럼 흘러가세요. 당신은 훌륭한 삶을 살았어요. 당신 몫을 다했구요. 새로운 삶으로 들어가세요. 빛으로 나아가세요."

'기쁘게 살았으니 기쁘게 죽으리라. 나는 내 의지로 떠난다'는 스코트와 남편을 아름답게 떠나보내는 헬렌의 성숙한 태도에서 품격 높은 죽음의 한 전범을 만나게 된다.

제4장에서는 죽음이 끝이냐, 아니냐 하는 문제를 천착하고 제7장 '존엄한 죽음을 위하여'에서는 사랑하는 이를 어떻게 떠나보낼까에 대해 구체적인 대안을 제시한다. 죽기 직전 당사자의 마음 상태와 몸에 대한 갈망이 중간적인 존재(바르도)로 다음 생을 결정하는 근거가 되므로 임종자가 죽는 순간에 더 편안하고 긍정적인 마음으로 죽음을 맞도록 해야 하며 그것이 더 나은 다음 생을 기약할 수 있게 한다는 것이다.

'리빙 윌Living will', 즉 저자는 '존엄한 죽음을 위한 선언'을 제안하면서 존엄사와 소극적 안락사에 대한 견해를 이렇게 피력한다. 소극적 안락사의 시행 여부를 결정하는 판단의 주체는 의료인이므로 당사자의 의견이 참작되지 않는다. 하지만 존엄사의 경우, 행위와 판단의 주체는 의료인이 아니라 본인 자신이다. 의사는 환자에게 정확한 진행 상황을 알려줘야 하며, 임종자는 죽음을 대비하기 위해 자기가 원하는 죽음의 방식을 미리 가족과 협의할 필요가 있으며, 이를 유서 형식으로 문서화해두면 만약의 사태에도 도움이 될 것이라고 한다. 즉, 리빙 윌에 서명함으로써 인간다운 삶과 품위있는 죽음을 맞이하도록 권유하는 저자는 '존엄한 죽음을 위한 선언문'의 양식도 친절하게 남겨놓고 있다.

죽음은 우리 영혼이 성장하는 마지막 기회, 당신은 이 고귀한 순간을 어떻게 맞이할 것인가를 그는 또 한번 묻는다.

보르헤스의 불교 강의

'20세기의 창조자' '포스트모더니즘의 선구자'라고 불리는 아르헨티나 출신의 작가 호르헤 루이스 보르헤스1899~1986가 『불교 강의』를 저술했다.

그가 쓴 『불교 강의』에는 도처에 그의 깨달음의 편린이 흩어져 있으며 또한 그의 독특한 사고와 발상법에서 싹이 튼 포스트모더니즘의 단초들도 알고 보면 그의 불교 이해에서 비롯되었다는 것을 알 수 있다고 역자 김홍근은 서두에서 밝히고 있다. 나는 이 책을 읽기까지 사실 벽안의 한 서구 작가의 불교 이해를 크게 기대하지는 않았었다. 그러나 뜻밖이었다.

보르헤스는 결혼에 실패하고, 술과 담배도 하지 못했다. 유일한 그의 취미는 백과사전을 뒤적거리는 일이었다. 평생을 책에 파묻혀 살다가 평생 글만 쓰다 죽은 작가이다. 집안의 유전병과 독서로 인해 눈이 멀게 되었다. 그러나 그의 심안心眼까지는 가릴 수 없었다. 그의 상상력의 날개는 암흑 속에서 더욱 높고 멀리 날아갔다. 그는 비상한 기억력의 소유자였다. 이미 외워버린 백과사전과 많은 책들을 자신의 소우주 속에서 반추했다. 자신이 속한 시간과 공간을 꿰뚫어보게 되었다. 이러한 체험의 핵심은 역시 '여기 지금' 속에 있는 모든 시간과 공간이 수렴되는 화엄적인 것이었다.

그의 대표작 「알레프」에서도 화엄적 세계관의 표현이 일치되고 있음을 엿볼 수 있다. 보르헤스는 붓다의 정각正覺을 주목하고 그 깨달음의 세계를 소설화해 보고 싶어했다. 그는 붓다처럼 「알레프」에서 우주적 비의秘義를 엿본 체험을 적고 있다. 무한 시공간체의 이름을 그는 '알레프'라고 불렀는데 이 말은 히브리어 알파벳의 첫 글자로 문명의 기원을 상징한다.

『불교 강의』를 집필한 보르헤스는 1977년 7월 6일 부에노스아이레스에 있는 콜로세움 극장에서 '불교란 무엇인가'라는 제목의 강연을 가졌다. 먼저 불교의 관용성에 대해 언급하고 붓다의 가르침을 머리로 이해하려고 하기보다는 깊이 느끼는 것, 즉 몸과 마음으로 체득하고 노력하는 것이 더 중요하다고 강조했다. 특히 '화살의 비유'를 들어 전쟁터에서 부상을 당한 이가 화살을 빼려고 하지 않고, 누가 쏘았는지 그가 어느 계급에 속하는지, 화살의 길이가 얼마나 되는지를 알아보려고 했다. 옆 사람과 이런 문제에 대해 논쟁하다가 그만 죽고 말았다. 붓다는 말하기를 '반면에 나는 화살 뽑는 것을 가르친다'라고 하였다.

"화살은 무엇입니까? 화살은 우리 모두의 마음에 박힌 채 다니는 자아自我입니다. 중요한 것은 우리 몸에 박힌 화살을 뽑는 것입니다. 이것에 대한 자각이 해탈을 위한 중요한 관문입니다"라고 그는 덧붙이고 있다. "중요한 것은 해탈 법문과 사성제四聖諸, 즉 고苦와 고의 원인[集]과 고의 치유[滅]와 치유에 이르는 길[道]입니다. 그 끝에는 니르바나가 있습니다." 고대 의료의 전통에 따르면 발병, 진단, 처방, 치유의 단계가 바로 '고집멸도'라는 것이다. 여기서 치유란 열반을 의미한다. 윤회의 주체는 영혼이 아니며 윤회하는 것은 업인데 그것은 일종의 정신작용으로서 무한히 전생轉生한다는 것.

그는 해박한 지식으로 엠페도클레스의 전생을 인용하고, 시인 단테 가브리엘 로세티의 '나는 전생에도 이 자리에 있었다'는 구절을 소개한다. 그리고 "내가 1899년에 아르헨티나의 부에노스아이레스에서 태어난 것, 내가 만년에 눈이 먼 것. 오늘밤 여러분 앞에서 이렇게 강연하는 것 등이 모두가 내가 전생에 지은 업의 작용입니다. 현세에서의 나의 행동 중 전생의 행위와 무관한 것은 하나도 없습니다. 이것이 바로 업이라는 것입니다. 업이란 너무나도 정교한 정신적 구조입니다."

그의 육성이 뜨겁게 와 닿는다. 보르헤스는 윤회를 직접 자신의 문학적 소재로 활용했다. 「죽지 않는 사람들」이 그것이다. 여기서 주인공은 불사不死의 도시를 찾아가는데 그곳에서 『오디세이』를 쓴 지 천오백 년이 지나서까지 살고 있는 호머를 만나고 자신도 불사의 인간이 된다. 그는 이 작품에서 불교의 윤회설을 '우주적 차원의 하나의 정밀한 보상제도'라고 표현하고 있다. 그의 사상적 바탕과 문학의 수원지는 역시 불교였으며, 실제로 그는 강연의 마지막에서 '불교는 나에게 있어 구원의 길이었다'고 고백했다.

제6장

불교로 읽는 문학

사무엘 베케트 씨에게

황량한 언덕에 나무 한 그루뿐인 빈 공간, 『고도를 기다리며』의 무대는 마치 우리 실존의 토대인 것만 같았소.

베케트 씨, 나는 지금 가을 숲이 수척한 공원에 나와 『고도를 기다리며』의 주인공이나 된 듯 당신의 대사 한 토막에 붙들려 있다오.

에스트라공 : 무슨 일이 있었니?

블라디미르 : 아무 일도 아니다.

에스트라공 : 난 가겠다.

블라디미르 : 나도 가야지.

왜 아무 일도 아닌가?

어디로 가는가?

그것은 오랫동안 나의 화두이기도 하였소. 마치 스핑크스가 오이디푸스에게 던진 '너는 누구냐? 너는 어디로 와서 어디로 가느냐?'의 질문을 떠올리게 했소. '고도'를 기다리는 동안 지루한 시간을 메우기 위해 광대처럼 벌이는 온갖 해프닝. '고도'는 끝내 오지 않고 "그럼 갈까?/ 가자" 두 남자를 무대 위에 세워놓고 막이 내립니다.

장장 두 시간에 걸쳐 당신이 보여준 '기다리는 것'의 행위는 특별히 할 일도, 기다림도 없는 노후의 시간을 죽여야 하는 실존. 당신은 내게 죽음으로 가는 동안 우리가 할 수 있는 일이란 무엇인가를 제고하게 했소. 그래서 극작가 장 아누이는 '어릿광대가 펼쳐 나가는 파스칼의 팡세'라고 했는지도 모르겠소.

머리 밑이 휑하게 드러난 나뭇잎은 병색이 완연한데 그들 또한 추레해진 내 모습을 건너다보고 있구료. 나무가 스스로 수액을 차단하여 곡기를 끊고, 옷을 벗는 이 장소에 오니, 연암(박지원)이 망망무제의 요동벌판에 서서 '곡哭할 만한 장소'라고 했다는데 나도 그런 장소로 삼고 싶어지네요.

이럴 땐 어느 작가보다도 존재의 심연을 치열하게 탐색한 당신과 만나고 싶었다오.

그 장소는 몽파르나스 역으로 이르는 철도가 보이는 당신의 8층의 작은 스튜디오도 아니고, 파리 14구에 있는 티에르탕Tiers Temps(제3의 시간) 요양원도 아니고 당신이 설계해 지은(1950년) 위시의 마른 강변 언덕배기의 집필실에서라면 더할 나위가 없겠지요. 아무렇게나 문 하나와 창 몇 개를 덧붙인 마치 한 개의 차가운 입방체처럼 자리 잡은 공간을 당신은 “주인과 마찬가지로 회색빛 벽을 가진 멋없는 덩어리일 뿐”이라고 했다지요. 주인을 닮았다는 그 멋없는 회색빛 입방체의 작은 공간이 궁금했습니다.

「타임스」지가 보낸 질문에 “해결책 : 없음, 희망 : 없음”이라고 적어 보냈으면서도 “돌 틈새로 풀들이 돋아나려 애쓰는 광경을 바라보며 살고 싶다”던 바로 그 집에서 당신과 마주 앉고 싶었소. 특히 『이름 붙일 수 없는 자』『고도를 기다리며』『게임의 종말』『아무것도 아닌 텍스트』 같은 당신의 주요 작품들이 탄생한 곳이기도 하며 당신의 철학적 명제가 구체화된 곳이기도 하니까요.

지금 어디인가?

지금 언제인가?

지금 누구인가?

이것은 『이름 붙일 수 없는 자』의 서두입니다.

『아무것도 아닌 텍스트』라는 책에서도 다음과 같은 세 가지의 질문이 던져집니다.

내가 갈 수 있다면 어디로 갈 것인가?

내가 만약 존재할 수 있다면 나는 무엇일 것인가?

내가 만약 목소리를 가지고 있다면 무엇을 말할 것인가?

‘가는 것’, ‘있는 것’, ‘말하는 것’으로 요약됩니다. 사실 당신의 작품에서 등장인물은 언제 어디서나 ‘여정(가는 것)’의 인간, 부동성

(있는 것)의 인간, 그리고 독백(말하는 것)의 인간이었음을 상기하오.

당신이 작가로서 본질적인 질문을 던지고 그 해답을 찾아가는 여정을 나는 스텝을 밟듯 당신의 작품 속에서 그 음계를 찾아 건반을 꾹꾹 눌러보고 싶었소.

지금 어디인가?

당신은 작중인물들을 대단히 비참하고 극단적인 상황에 배치시켜놓고 있었소. 『게임의 종말』에서는 어두운 동굴 안에 한쪽 다리를 저는 클로브와 하반신 마비의 햄을 휠체어에 앉혀놓고, 두 개의 쓰레기통 안에서는 햄의 부모님인 나그와 넬을 식물인간으로 숨쉬게 하고 있었소.

『코미디』에서는 항아리 속에 목까지 파묻혀 있는 두 여자와 한 남자. 『오! 행복한 날』에서는 거의 목까지 파묻혀 있으면서 역설적으로 '아름다운 날'이라고 찬양하는 위니, 『고도를 기다리며』에서는 다시 시작하게 해줄 것 하나 없는데도 스스로 '약속이 있다'고 끝없이 믿고 있는 블라디미르와 에스트라공.

눈은 멀고 하반신 마비상태임에도 가혹하게 끝까지 자신의 불확실한 게임을 끌고 나가는 햄. 그들의 익살스러움은 인간적인 노력을 포기하지 않는 다수의 우리들의 모습 같았소. 우리가 처한 장소는 폐쇄된 닫힘의 공간, 장소는 '몸만 존재할 뿐인 공간'이라는 당신의 그 가혹한 발언.

"어떠한 정신도 없다. 최소한 그것."

그럼에도 당신의 그 발언을 수긍하지 않을 수 없게 되오. 닫힌 공간에서 우리 존재들은 어떻게 망가지고 해체되는가? 장소라는 픽션의 장치가 존재를 더욱 극명하게 드러내주는구료. 점차 우리들 모두 눈과 귀가 멀어지고 정신조차 희미해지는 수순, 클로브나햄처럼, 또 나그와 넬처럼, 손상되어가는 몸뿐. 이때 블라디미르의 선언이 크게 들려왔소.

"이 장소, 이 순간에 인류는 바로 우리야. 그게 우리 마음에 들건 안 들건."

베케트 씨. '지금 어디인가?'라는 당신의 질문에 나는 이것을 답안으로 삼고 싶습니다.

지금 언제인가?

"언제 럭키가 벙어리가 되었느냐?"고 블라디미르가 묻자 포조가 이렇게 답하지요.

> 당신의 그 시간 이야기로 날 지겹게 만드는 거 이제 그만 좀 하지 않겠소? 헛소리야! 언제! 언제! 그냥 어느 날이면 충분하지 않느냔 말이오. 다른 날들과 비슷한 어느 날, 저놈은 벙어리가 됐고 어느 날 난 장님이 됐고, 어느 날 우린 귀머거리가 될

거고 어느 날 우리는 태어났고, 어느 날 우린 죽을 거요. 같은 날, 같은 순간, 이걸로 충분하지 않느냔 말이요?

여자들은 무덤 위에 걸터앉아 아이를 낳고, 해가 잠깐 반짝이다가는 다시 밤이 되는 거요.

한번 낮 되고 한번 밤 되는 것. 여자들은 무덤을 올라타고 죽음 위에서 아기를 낳는 일. 인류의 역사가 이어지는 이 평범한 일상의 반복. 또한 「한 편의 독백」이라는 글에서도 당신의 첫 대사는 이와 다르지 않았지요.

"탄생이 그에겐 죽음이었어."

탄생과 죽음, 주야의 교체, 일몰과 일출의 순환으로 이어지는 우주의 둥근 고리를 떠올리게 됩니다. 햄이 반복해서 "지금 몇 시지?" 하고 물으면 클로브는 "언제나와 같은 시간이지"라고 천연스레 답합니다. 그러니까 어제와 오늘은 이미 의미를 상실한 개념의 시간인 것이지요.

'금년의 한 해는 지나간 해의 해다. 今年年是 去年年'라는 시구에서처럼 의미 없이 반복되는 그래서 어쩌면 영원한 오늘인 시각. 베케트 씨. '지금 언제인가?'라는 질문에 나는 포조의 독백을 당신의 답으로 듣겠습니다.

지금 누구인가?

“우린 여기서 뭘 하고 있는 걸까? (……) 우리는 고도가 오기를 기다리고 있다. 우린 약속이 있고 그게 다야. 우린 성자는 아니지만 약속이 있어. 이렇게 말할 수 있는 사람들이 얼마나 될까?”

‘약속’이 있다고 말할 수 있는 사람 블라디미르, 그리고 ‘시간, 탄생과 죽음, 헛소리야, 우린 어느 날 태어났고 어느 날 죽을 거요. 이걸로 충분하지 않느냐’고 외치는 포조. 그들 가운데의 우리는 어느 쪽인가?

당신의 소설『이름 붙일 수 없는 자』에서 그는 창조자였다가 피조물이었다가 사람이라고 할 수 없는 지경에까지 추락한 인간이기도, 무생물이기도 하다가 무無에 가까운 형이상학적 존재이기도 한, 하나로 묶을 수 없는 혼돈의 존재이기도 했소.

어느 날 ‘이름 붙일 수 없는 자’는 눈물을 가득 담고 결코 포기하지 않으리라고 확신하며 이렇게 선언하오.

“오직 나만이 인간이며 나머지는 모두 신성하다.”

희망도 절망도 없이 악착스럽게 살아남아 “계속 할 거야”를 되풀이하는 ‘이름 붙일 수 없는 자’는 과연 누구이겠소? ‘희망 : 없음, 해결책 : 없음’이라고 써놓고 그래도 우리는 누군가를 기다리며 계속할거야를 외치며 ‘오직 나만이 인간’이라고 선언하는 그자가 아니겠소.

내가 갈 수 있다면 어디로 갈 것인가?

내가 만약 존재할 수 있다면 나는 무엇일 것인가?

어디론가 갈 수 있는 주체는 존재의 물음으로 환치될 수도 있을 것 같소.

베케트 씨. 나는 당신의 시구에서 놀라운 예지를 발견하고 마음속으로 얼마나 기뻤는지 모른다오.

> 흐름으로 인해/ 모든 것은/ 존재하면서도
> 모든 것/ 따라서 그것은/ 심지어 그것조차
> 존재하면서도/ 존재하지 않는다.
> 그에 대해/ 이야기하자
>
> —「나쁜 시구」

흐름으로 인해 존재하면서도 존재하지 않는다는 것. 있으면서도 없고[色卽是空], 없으면서도 있는[空卽是色] 존재와 비존재. 모양이 있는 것은 모양 없는 것의 현현顯現이요, 모양 없는 것은 근본적 실재實在로 그 무無는 바로 유有의 근원인 셈이지요.

현상과 본체, 이것은 무無와 유有, 그리고 공空과 색色이 다르지 않은 둘인 것처럼 하나로 통일되는 궁극적 실재. 일자一者가 아니겠소.

"존재하라, 그리고 동시에 비존재의 조건을 알라." 릴케는 「두이노의 비가」에서 외쳤지요. 비존재의 조건을 알 때, 인간은 자유로워진다는 것입니다. 왜냐하면 비존재는 존재 속에 포함되기 때문이지요.

어디로 가는가?

천지만물은 유有에서 생겨나고, 유는 무無에서 생겨났다고 말한 이는 중국의 노자老子였소. 그는 다시 "무無에서 유(현상계)로 나오는 것이 생이요, 유有에서 무(본체)로 돌아가는 것이 사死"라고 언급한 바 있소. 무無는 유有의 근본이니 결국 우리는 도의 근원인 무無로 돌아가는 것 아니겠소.

인류의 기원이 시작(빅뱅)된 그곳, 별에서 왔으니 분화된 이 몸의 원소도 그곳으로 귀환하는 것이지요. 온 곳으로 되돌아가는 원시반종原始反終.

간다고 하지만 떠난 그 자리. '본래 그 자리'일 뿐이겠소.

베케트 씨, 당신은 '그 자리'를 알고 계셨나요?

저 하늘의 구름은 조건에 따라 다양한 현상(비, 얼음, 수증기)으로서 오고 가지만, 본체로서 보자면 질량과 에너지의 변화일 뿐, 하늘에서는 아무런 일도 일어난 것이 아니지요. 하늘은 본디 고요할 뿐. 허공을 지나간 새의 자취나, 구름 지나간 자취는 찾을 수 없었소.

"Rien a faire(아무 일도 일어나지 않았다)."

당신은 그것을 너무나도 잘 알고 있었소. 『고도를 기다리며』에서 내가 얻어낸 보물 같은 일구였소. 여태까지의 내 삶도 아무것도 아니라고 생각하니 갑자기 내 존재가 사라지면서 사방이 확 트여옵니다.

하늘이 어두워지는 저녁 다섯 시 반 무렵. 먹물 번지듯 숲에 어둠이 내립니다. 사람들이 떠나간 이 적막한 장소는 이제 최적의 쉼터라오.

"실존의 토대인 빈 장소에 가장 적절한 색깔은 무엇인가?"라는 물음에 당신은 '어두운 회색' 또는 '어슴푸레함Pe'nombre'이라고 했다지요.

밤과 낮이 맞물리는 지점, 낮이 밤 속에 몸을 묻는 시간, 나는 지금 그 어슴푸레함 속에 가라앉고 있소. 어둠은 존재의 장소, 불현듯 내 안에 농익은 석류알처럼 돌기된 어느 부분들이 일어나 장열하게 산화散華되고 싶어 하오.

'무無보다 더 실재적인 것은 아무것도 없다'던 베케트 씨.

텅 빈 적요 속에 나는 당신의 이 말을 기억하오. 당신이 쓴 작품들은 '침묵과 무無 위에 남긴 불필요한 오점'이라고 토로한 그 말을 또한 곱씹고 있소. 우리나라 효봉 선사는 "내가 말한 모든 것—그것 다 군더더기야!"로 일축해버렸지요. 군더더기를 용납지 않는 결곡한 당신의 성품과 작품들을 나는 좋아한답니다.

'말에서 더 이상 끌어낼 것이 없다'던 베케트 씨. 그럼에도 당신의 등장인물들은 계속 지껄여대고 당신은 언제나 침묵이었소.

언젠가 더블린 작가박물관에서 사온 당신의 스티커 사진, 유난히도 맑은 초록색 눈과 마주하게 되오. 대상의 본질을 꿰뚫는 날카로운 눈빛과 굳게 다문 입, 거기에서 나는 부동不動의 독수리 같은 어떤 엄격한 기운을 전해 받곤 했소.

어느 연출가는 '인간 파멸의 근원을 파헤치는 차원 높은 염세주의'라고 당신의 문학을 정의한 바 있고, 철학자 알랭 바디우는 당신의 작품에서 역설적인 희망을 본다고 말했지만 나는 절망도 희망만도 아닌 그 둘(음양)의 맞물림, 종시終始의 순환을 짚어낸 당신을, 개안開眼의 현자라고 칭하고 싶소.

인간에 대한 당신의 깊은 질문, 존재에 대한 치열한 탐색. 절망보다 더 깊이 사유된 그래서 절망을 넘어선 지표에 도달한 것이 아닌가 생각되오.

어찌 당신의 작품이 '침묵과 무無 위에 남긴 불필요한 오점'이겠습니까. '무無보다 더 실재적인 것은 아무것도 없다'던 그 말씀은 선사의 오도송悟道頌으로 여겨집니다.

베케트 씨. 당신은 우주를 다녀간, 참으로 길을 아는 선생이었소.

그 길에서 당신께 예禮를 표합니다. 그럼 안녕히.

—관여觀如 합장合掌

몽테뉴의 '수상록'

몽테뉴1533~1592는 르네상스 당시의 프랑스를 대표하는 지성이며 문필가이다. 그가 정착시킨 에세이란 명칭은 그의 『수상록Les Essais』에서 비롯한다. 서양 에세이의 비조鼻祖격인 몽테뉴는 어린 시절 라틴어 교육을 철저하게 받았는데 이는 라틴어 고전 독서와 글쓰기에 대단히 유용했다(107장의 에세이로 이어지는 그의 『에세』에는 키케로, 세네카, 아우렐리우스, 호라티우스, 루크레티우스, 오비디우스, 베르길리우스, 루카누스 등의 고대 철학자와 시인의 글들이 인용된다). 보르도 고등법원의 판사를 지내고 보르도 시장을 두 번이나 역임했다. 결혼 후에 얻은 여섯 딸 중 하나만 살아남고 절친한 친구 라 보에티의 죽음, 아버지의 사망으로 실의에 빠져, 2년 뒤 판사직을 내던지고 고향의 몽테뉴 성으로 돌아왔다. 자연히 그의 『수상록』의 주요 테마는 죽음과 고통에 관한 것이었다. 그를 괴롭히던 신장결석의 지병도 죽음의 성찰로 이끄는 계기가 되었으리라.

“일찍이 아무도 나만큼 철저히 이 세상을 떠날 마음의 준비를 한 사람은 없으리라”던 그를 요즘 자주 떠올리게 된다.

그는 죽음이 여러 가지 방법으로 기습해 오는 것을 소개하면서 어찌 우리가 죽음에 대한 생각에서 벗어날 수 있으며, 한 순간인들 죽음이 우리의 목덜미를 잡고 있는 것을 보지 않을 수 있으랴. 그러니 죽음에 대한 대비가 있어야 한다면서 죽음이 피할 수 없는 것이라면 차라리 정면으로 대면하자. 피하려 하지 말고 앞서 마중하자. 사실 죽음이 두려운 것은 그것의 낯섦 때문인데, 그렇다면 죽음을 자주 바라보고 죽음과 친해지면 된다. 그래서 사死가 생生의 한 부분이라면 아예 함께 사는 것이다. 그렇게 하기 위해 그는 계속 죽음을 바라보고 계속 생각하라고 충고했다.

실제로 그는 어느 날 말을 타고 산책길에 나섰다가 말에서 떨어져 두 시간 이상이나 의식을 잃고 선지피를 토해내며 하인의 등에 업혀 집으로 돌아왔던 적이 있다.

> 말발굽 아래 밟히는 순간 죽었다고 생각했으나 그 생각은 너무 다급하여 공포를 느낄 여유도 없었다. 이때 갑자기 한 줄기 번갯불이 마음속에 스며드는 것처럼 생각되었다. 이어서 다시 저승에서 돌아온 것처럼 느꼈었다. 이런 조그마한 사건에 대하여 이야기한들 무슨 소용이 있겠는가? 그러나 나는 이 일

에 좋은 교훈을 얻었다. 솔직히 말해서 이때 비로소 죽음과 친숙해지기 위해서는 죽음에 접근해보는 도리밖에 없음을 알게 되었다. 폴리니우스 말대로 인간은 누구나 자기를 심사하는 능력만 있으면 자기 자신이 가장 훌륭한 교재이다. 이것은 주어진 학식이 아니라 스스로 얻은 연구이다. 남을 위한 교훈이 아니라 자기를 위한 교훈이다. (……) 몇 해 전부터 나는 오직 나 자신만을 사색의 목표로 삼고 있다. 그리하여 다만 나 자신만을 연구하고 있다. (……) 내가 기록하는 글은 나의 행동이라기보다는 나 자신이다. 즉 나의 본질이나 다름이 없다. 나는 자기를 판단하려면 신중해야 한다고 생각한다.

그의 『수상록』에 보이는 글들이다.

그는 자신의 책 제목을 '실험' 또는 '시험'을 의미하는 에세essai라고 붙였다. 뿐만 아니라 자신의 초상을 주조시켜 'Que Sais-Je?(나는 무엇을 아는가)'를 새겨넣고 뒷면에는 평형을 이룬 저울대를 그리고 그 위에 '나는 판단을 배제한다'는 글귀를 새겨 넣었다. '나는 무엇을 아는가?'의 되물음은 '너 자신을 알라'는 소크라테스의 경구와 '알지 못한다는 것을 아는 것이 최상이라'는 노자의 사유와 궤를 같이한다.

한편 그의 깊은 회의는 당시 그가 목격한 종교전쟁에서도 기인한다. 그는 왕을 수행하여 구교도로 참전했는가 하면 때로는 양

진영 사이에서 중재의 역할을 담당했는데 36년 간이나 지속된 신교도(위그노파)와 구교도(카톨릭)들의 싸움은 광신도들이 빚어낸 인간의 광기에 다름아니었다. 그들은 자신들의 진정성만을 오로지 고집하는 오만한 독단론자들이었다. 그들이 진술하는 신, 우주, 영혼, 정신, 육체 등 주요한 주제들에 의견을 점검하며 몽테뉴는 그 가운데 절대적 진리가 부재하다는 것을 알았다. 신의 죽음을 선포한 니체 역시도 진리란 '환상이라는 것을 잊어버린 환상'이라며 절대적인 것을 믿는 행동이야 말로 병적이라고 지적했다.

사실 우리는 얼마나 많은 공허한 관념들로 옥죄어 있는가? 우리를 짓누르는 편견과 독단, 이 허구로부터 풀려나지 않는 한, 인간은 사유와 창조의 자유를 누리지 못할 것이라고 내다본 그는 지식에 관한 한 그 어떤 권위도 인정하지 않았다. 그는 양극단을 엄격히 배제하는 실증주의자로서, 어떤 종류의 확실성도 인정하지 않으며 단정적으로 결론짓기를 거부하는 회의주의에 기울었다.

몽테뉴는 회의에 대해 '곧고 굽힘이 없는 판단의 자세'라고 정의하며 그는 '모든 사물을 받아들이되 집착하지도 동의하지도 않는다'고 언급했다.

'사물을 받아들이되 집착하지 않는다.' 모든 사물에 대해 집착없이 수납하고 게다가 함부로 동의하지도 않는다니, 이때 나는 그가 '머무는 바 없이 마음을 내는應無所住而生起心'『금강경』의 수행자 같았다. 그는 점차 모든 얽매임과 집착에서 놓여나 자유로움을 만끽한다.

저 맑은 하늘처럼 평온한 마음의 상태이다. 이것을 가리켜 회의주의 철학자(피롱파)들은 '아타락시아'라고 불렀는데 몽테뉴가 진술한 만년의 심경을 살펴보면 그가 그런 경지가 아니었나 생각된다.

> 어디로 시선을 돌려봐도 그 둘레에 하늘은 고요하고, 공기를 어지럽히는 어떤 욕망도, 어떤 두려움이나 의심도, 또 과거와 현재의 어떤 어려움도…… 없는 그런 자리에 있다는 것이 얼마나 신에게 고마운 일인지.

그의 육성이다. 이미 어떤 욕망도, 두려움도, 의심도 없는 자리에 가 있다는 그가 반야의 행자처럼 진정한 자유인으로 다가왔다. 마침내 인간이 도달할 수 있는 마지막 지성소至聖所가 아닌가. '마음에 걸림이 없기에 두려움도 없다'는 『반야심경』의 '무가애고무유공포無罣碍故無有恐怖'가 겹쳐졌다. 불교의 수행이란 달리 있지도 않는 깨달음을 얻는데 있는 것이 아니고, 오로지 탐진치 삼독三毒에서 벗어나는 일이 아니겠는가. 이미 욕망도 없고 두려움도 없다는 그가, 대평안심에 들어 있는 어느 해탈한 성자처럼 생각되는 것이다.

지혜로운 이의 삶은 전부가 죽음에 대한 준비라면서 죽음과 친해지자던 그가, 스토아학파의 가르침과는 반대로 죽음과 고통 따위는 자연에 맡기고 쓸데없는 걱정은 하지 않는 편이 낫다는 자연회귀를 택한다. 자연은 삼라만상 속에서 얼마나 놀라운 율동과 조화의 기적을 이루어 내고 있는가! 그러니 자연을 넘어서려는 오만함, 부질없는 야망을 버리고 전적으로 자연을 따르라고 한 것이다.

몽테뉴는 스토이시즘에서 천성天性에 따라 자연을 즐기는 에피큐리언이 된다. 그러나 그는 감각적 쾌락에서조차도 정신을 개입시킴으로써 쾌락이 전인적全人的인 것이 되기를 원했다. 즐거움을 맛보고 누리되 그것이 감각의 표피를 스쳐 물거품처럼 사라져버리는 대신 온 정신으로 그것을 증폭시킴으로써 더욱 충일한 것이 되기를 바랐다. 그는 이 경지를 가리켜 '완성'이란 말로 표현했다. '자신의 현존재를 당당하게 즐길 줄 아는 것' 외에 아무것도 아니라는 것이다. 현존재의 오롯한 알아차림, 당처當處가 모두 진여眞如라는 임제 선사의 말씀이 떠올랐다. '수처작주 입처개진隨處作主立處皆眞'이다.

몽테뉴의 삶의 지혜는 결국 '즐기자 떳떳하게 즐기자'로 요약된다. 붓다께서 설한 무상無常 · 무아無我 · 고苦가 상낙아정常樂我淨으로 전환된 그 열반처에 든 것이다. 죽음을 탐구하러 들어가 만난 것은 '생의 철학'이었다. 그러니 죽음 따위는 걱정할 필요가 없었다. 그는 말한다. 왜냐하면 "죽음은 그대가 살아 있을 때나 죽었을 때나 그대에게 관여하지 않는다. 살아 있을 때에는 그대들 생존해 있으므로, 죽었을 때에는 그대들 벌써 이 세상에 없으므로. 아무도 그 마지막 때가 되기 전에는 죽지 않는다. 그대가 남겨놓고 가는 시간은 그대가 출생하기 전의 시간과 마찬가지로 본래 그대의 것이 아니었다. 그 둘 다 그대의 것이 아니다."

여기서 나는 숨을 한번 고른다.

"죽으면 존재가 없는데 어떻게 그것을 설명할 수 있는가? 존재하지 않는데 어떻게 죽음이 두려울 수 있는가?"

예일대학에서 17년 동안 죽음을 강의한 셸리 케이건 교수가 우리에게 던진 물음이다. 몽테뉴의 문장을 여기에 병치시켜본다. 그러나 그보다 앞서 불교에서는 원래 죽음이 없다고 말한다. 죽음이 없다기보다 내가 죽는 일은 아예 없다는 것. 왜냐하면 죽을 내가 없기 때문이다. 무아無我를 아는 것, 이것이 '대반야바라밀'이다. '생사는 본래 그대의 것이 아니기 때문'이라는 그의 말을 나직이 되어본다.

죽음을 생각한다는 것은 다른 말로 자신의 존재와 마주하는 일일 것이다. 'Que Sais Je?'로 이어지는 끊임없는 그의 탐구법은 간화선의 화두 '이 뭣고'와 다르지 않다. '나는 누구인가?' 내부로 향한 그의 명상은 아상我相을 지우고, 판단을 배제하며 마침내는 집착과 분별심마저 내려놓게 했다. 그의 정신이 도달한 지점이다.

몇 해 전, 한국의 수필가들과 몽테뉴 성城을 찾아 그의 서재에 들어선 적이 있었다. 시야는 3면으로 트여 있고 실내는 직경이 열여섯 걸음 정도 되는 공간이었다. 예전에는 건초를 쌓아두었던 헛간이었다는데 차디찬 돌바닥에서 어떻게 추운 겨울을 지냈을까? 이런 내 기우를 떨치고 그는 이 서재를 세상에 둘도 없는 나만의 공간으로 여겼다. 스스로 외딴 곳에 처해져 자신이 고독을 좋아하는 이유는 '나의 감정과 사상을 나 자신에게 집중하기 위해서이며 나의 걸음을 제한, 억제하기 위해서가 아니라 나의 욕망과 심로心勞를 제한, 억제하기 위해서라고' 썼던 「고독에 대하여」라는 글도 이곳에서려니 하고 사방을 둘러보았다. 고독해져야 비로소 욕망과 심로를 억제할 수 있다는 그가 왠지 친근한 수행자처럼 다가왔다.

'사물 자체가 아니라 사물에 대해 갖는 생각이 우리를 괴롭힌다'는 그의 말을 곱씹으며 방에서 빠져 나오려는데 등 뒤에서 그가 한마디 던진다.

> 당신이 이 세상에 들어온 것같이 세상에서 빠져나가라. 당신이 생각도 두려움도 없이 죽음에서 삶으로 건너온 것과 동일하게 이번에는 삶에서 죽음으로 건너가라. 당신의 죽음은 우주 질서의 하나다. 이 세상의 생명의 한 부품이다.

두려움도 없이 삶에서 죽음으로 건너가라고 한다. 당신의 죽음은 '우주 질서의 하나', 수기授記처럼 나는 그것을 가슴에 받아 지니고 도피안到彼岸을 생각하며 좁은 계단의 통로를 빠져나왔다.

내가 그를 경애해 마지않는 것은 이것이다. 나는 누구인가? 나의 실체를 정확히 보려는 것에서 출발한 그의 명상이 도달한 곳은 무심無心과 평정심이었으며 그의 『에세』는 엄격한 자기 점검과 성찰로 이어진 수행의 여정旅程이었다. 그는 견해見解에 대한 집착에서 벗어나 정견正見을 확립한 현자였으며 양극단을 배제한 중용中庸의 실천가로, 가난한 농민을 위해 평등사상을 고취한 휴머니스트로, 그리고 무엇보다 격조 높은 철학수필을 우리에게 선물한 최초의 에세이스트였기 때문이다.

죽음의 명상가, 그가 깊은 우물에서 길어 올린 샘물은 우리의 갈증을 풀어주기에 충분한 감로수, 한 권의 『에세Les Essais』였다.

나는 아무것도 바라지 않는다
—니코스 카잔차키스와 『붓다』

『그리스인 조르바』와 『오디세이아』로 잘 알려진 현대 그리스 문학을 대표하는 니코스 카잔차키스1883~1957를 주목하는 데에는 작가로서의 이외에 또 다른 이유가 있다. '20세기 문학의 구도자'라고 불릴 만큼 그는 문학으로 치열하게 구도求道한 자유인이었다.

> 나는 아무것도 바라지 않는다.
> 나는 아무것도 두려워하지 않는다.
> 나는 자유다.

그의 묘비명이다. 어떻게 하면 그 같은 경지에 도달할 수 있을까? 영혼의 자유에 바쳐진 그의 구도의 내력이 궁금하지 않을 수 없었다.

지중해의 남쪽, 에게 해에서 가장 큰 섬으로 손꼽히는 크레타의

이라클리온.

항구가 한눈에 내려다보이는 전망 좋은 성루에 그의 묘지가 있다. 정교회에서 파문당한 이들만이 쓴다는 나무십자가는 이미 파란 하늘을 배경으로 우뚝 선 그의 자유의지를 상징하는 것만 같다.

니코스 카잔차키스가 태어날 당시 크레타는 그리스 본토와는 달리 터키의 지배 아래 있었었다. 오토만 제국에 의하여 1669년에 점령된 후 200년 넘게 터키의 통치를 받았다. 그의 아버지는 어린 아들의 손을 잡고 터키인들에게 교수당한 기독교도들에 나아가 죽은 자의 발에 입 맞추어 경의를 표하게 하면서 그것을 잘 보아두고 죽을 때까지 잊지 말라고 당부했다.

"누가 이 분들을 죽였나요?"

"자유가 죽였지."

여덟 살 아들의 질문에 아버지의 대답은 짧고 함축적이었다. '자유'는 그의 명제가 되었다.

"나는 자유를 찾아야 했지만 무엇으로부터, 누구로부터 자유로워진다는 말인가? 시간이 흐름에 따라 서서히 나는 거칠고 쉴 곳 없는 자유의 오름길에 올랐다. 우선 터키인들로부터 찾아야 하는 자유, 그 다음에는 내면의 터키인인 교만과 악의와 시기로부터, 공포와 게으름으로부터, 눈을 멀게 하는 헛된 사상으로부터, 그리고 마지막으로 가장 사랑과 흠모를 받는 대상들까지도 포함한 모든 우상들로부터 자유를 찾으려는 새로운 투쟁이 시작되었다"(『영혼의 자서전』 1권, p85)고 적고 있다.

그가 대상으로 한 자유는 첫째 터키인들로부터 찾아야 하는 자유, 다음에는 내면의 눈을 멀게 하는 헛된 사상과 우상들로부터 자유롭고자 한 자신과의 선전포고였다. 스스로가 밝혔듯이 그의 최초의 큰 욕망은 '자유'였고 두 번째 욕망은 '성직'에 대한 것이었다. 어린 니코스는 성 아우구스티누스를 자신의 수호신으로 삼으며 영웅성을 지닌 성자를 완전한 인간이라고 보았다.

어릴 때 그는 장난감을 팔아 『성인의 전기』를 사서 읽다가, 영혼을 구하려고 성인들이 치렀던 온갖 시련에 대해서는 큰소리로 읽었다고 한다. 특히 '성 요한의 전설'을 읽다가 벌떡 일어나 외쳤다. "난 아토스 산으로 가서 성인이 되겠어." 엄마 몰래 부둣가에 나간 꼬마는 선장을 붙들고 배를 태워달라고 졸랐다. 실제로 그가 아토스 산을 찾은 것은 31세 때였다. 그는 40일간 작은 암자에 머물며 단테 복음서와 불경을 읽었다. 그곳에서 손금을 봐주던 어느 수사가 "당신은 늙으면 성직자가 되겠어요"라고 했을 때, 그는 갓 태어났을 때 아기를 불빛에 살피던 산파의 말을 떠올렸을지 모른다.

"언젠가 이 아기는 주교님이 될 테니 내 말을 잊지 말아요."

니코스는 신성한 영혼의 날로 손꼽는 2월 18일, 금요일에 태어난 자부심이 대단했다. 산파의 그 예언은 그로 하여금 일찍부터 인류를 구원하는 성스러운 지도자를 꿈꾸게 한 요인으로 작용한 것은 아닐지 짐작해본다.

그는 아토스 산에서 우연히 만난 시인 앙겔로스 시켈리아노스와 함께 여러 수도원을 순례하며 종교의 허위와 성직자의 가면을 발견하고는 새로운 종교를 창시할 것을 약속한다.

"우린 기독교의 고행을 개선해야 해."

두 사람의 의견은 일치했다.

"그리스도가 웃게끔 만들어야 할 때가 왔어. 그래, 꼭 그래야지! 고뇌와 울음, 십자가는 이제 그만이야. 그리스도는 그리스의 힘세고 행복한 신들을 함께 모아 가슴에 품고 그들을 모두 동화시켜야 해. 유대인 그리스도가 그리스인이 될 때가 되었다고."

『침묵』의 작가 엔도 슈샤쿠가 일본인 그리스도를 생각했듯이 그는 그리스인 그리스도를 염원했던 것이다.

1902년, 법률을 공부하기 위해 아테네 대학에 입학하면서부터 다윈의 진화론과 지질학 등 과학의 영향으로 그리스정교회 신앙을 멀리하게 된다. 1908년 파리로 유학하여 앙리 베르그송의 생철학에 대한 강의를 듣고 니체의 『비극의 탄생』을 위시하여 『짜라투스트라는 이렇게 말했다』 등을 읽는다. 기독교를 비판하며 비합리주의의 옹호자 니체를 만나 초인超人사상을 알게 된다. 그의 작품 『그리스인 조르바』에 드러난 신에 저항하는 자유는 니체의 영향임을 알 수 있다. 그를 불교로 이끈 사람도 니체였다.

"나는 붓다에 탐닉했었다. 내 마음은 노란 해바라기요, 태양은 붓다였다"고 술회하며 "나는 방안에 틀어박혀 두툼한 입문서를 밤낮으로 파고들며 붓다의 설법과 가르침을 공부했다"고 『자서전』에서 밝히며 이런 글귀도 적어 놓았다.

> "네 가지 숭고한 진리四聖諦가 내 머리에 어렴풋이 떠오른다. 세상은 우리를 잡아 가둔 그물, 우리들은 다시 태어날 터이니 죽음은 우리를 구원하지 못한다. 목마름을 이겨내고, 욕망을 뿌리째 뽑아버리고 뱃속을 비우기로 하자. '나는 죽기를 원한다'거나 '나는 죽기를 원하지 않는다'는 말은 하지 마라. '나는 아무것도 원하지 않는다'고 말하라. 마음을 욕망이나 희망보다 높이면 세상에서 살아가는 동안 무존재의 극락을 누리리라 그대는 재생의 수레바퀴를 손으로 잡아 멈추리라."

욕망이나 희망보다 '마음'을 높이라는 그 마음에 나는 방점을 찍는다.

1922년(39세) 오스트리아 빈에 체류하면서 희곡 『붓다』를 집필하기 시작할 때였다. 그 무렵 갑자기 자신의 "얼굴이 부풀어 올랐고 눈은 퉁퉁 붓더니 찢어진 구멍만 남아 무엇을 보기가 무척 힘들었다. 거울 앞에 서니 끔찍한 살의 가면이 얼굴을 덮었고 피부가 터져 누르스름한 진물이 흘러나왔다. 나는 인간이 아니라 악마였다"고 『자서전』에 쓰고 있다. 프로이트의 제자 빌헬름 슈테켈

박사를 찾아가서 『붓다』를 집필하고 있다는 것과 프리다를 만나서 밀회를 약속했던 이야기를 털어놓았다.

"당신이 걸린 건 '성자의 병'이라고 부르죠. 갑자기 색욕의 악마가 씌어져서 여자와 자야 되겠다는 욕구를 느낀 성자가 테바이의 사막을 떠나 달리고 또 달렸지만 성문을 지나가려다 몸을 내려다보니 문둥병이 번지는 중이었어요. 하지만 그건 나병이 아니라 지금 당신이 걸린 것과 똑같은 병이었지요. 불교적 세계관에 빠진 당신의 영혼, 이른바 영혼이라는 것은 여자와 자는 것을 대죄大罪라고 믿죠. 그런 까닭에 그것은 육체가 죄를 범하지 못하게 막아요. 당신이 프리다를 떼어놓고 빈을 떠나기만 하면 당장 나을 병이예요." 그러나 니코스는 그의 말을 믿지 않았다. 과학적인 동화일 뿐이라고 고집하면서 한 달을 더 머물렀지만 가면은 녹아버리지 않았다. 그 후 어느 날 그곳을 떠나기로 결심하고 침대에서 나왔다. 정거장에 도착하여 거울을 보았을 때의 감격이란! 부어오른 얼굴은 완전히 가라앉았고 본래의 모습을 되찾았다.(『영혼의 자서전』 2권, p490)고 적고 있다.

『붓다』보다 그 즈음 『신을 구하는 자』를 먼저 탈고했다. 비슷한 시기에 태어난 두 작품에는 불교사상이 많이 녹아 있으며 『신을 구하는 자』는 책에 나타난 무신론 때문에 그리스 당국의 위협을 받았다. 그 작품은 나중에 장편 『오디세이아』로 다시 태어났다. 70세에 쓴 『최후의 유혹』은 신성 모독으로 로마 교황으로부터 금서 처분되고 그리스정교회는 니코스를 파문했다.

그는 예술이나 사상보다는 종교적인 삶에서 그 의미를 찾으려는 성향이 강했다. 스스로도 자신이 소중하게 다루는 작품의 주제는 '신神에 대항하는 인간의 투쟁'이라고 밝혔듯이 그가 추구하는 최고의 가치는 우리의 육체를 정신으로 변화시키는 성변화聖變化를 달성하는 일이었다. 그것은 입과 배만 달린 몸을 끌고 다니며 먹고 똥을 누고 또 먹는 구멍만 둘 달린 하찮은 누에가 갑자기 먹은 것이 모두 비단실이 된다는 변화를 뜻한다. 성변화는 『붓다』라는 작품에서도 언급된다.

희곡 『붓다』의 무대는 20세기 초의 중국이다. 양쯔 강의 물이 불어나면서 마을과 주민들이 모두 수장될 위험에 직면한다. 홍수의 위협에 직면한 사람들은 여러 양상을 펼치며 "사람 살려!"를 외쳐대지만 모두 허사다. 프롤로그에서 시인은 '고통, 추악, 죽음'에 선전포고를 한다. 그러나 그가 찾을 수 있는 유일한 위안은 '무존재無存在의 문'을 열고 들어갈 『붓다』뿐이라고 한다.

주요 등장인물은 창 어르신, 그의 아들 창과 딸인 메이링, 그리고 마법사이다. 조연인물로는 창의 아내, 농부, 악사, 붓다와 그의 제자 등이 있다. 마법사는 우리가 목격하는 모든 것, 양쯔 강, 자살, 격정, 붓다, 영웅주의, 인종忍從이 미학적 상상력의 장난감이라는 사실을 깨닫게 하는 '시인'의 전달자로서 역할을 도맡는다.

카잔차키스는 우리에게 '삶은 무無로 끝나는 하나의 꿈이 전부'

라고 말한다. 창 어르신은 연극이 진행되면서 삶에서 의미 있는 모든 것을 빼앗기고 결국엔 혼자서 양쯔 강(붓다)과 대면한다. 죽음이 임박하자 평온한 가운데 양손을 벌리고 홍수(붓다)를 영접한다. 강물은 이미 문지방을 때리며 포효한다. 어르신은 양팔을 접고 절하면서 "환영합니다"라고 말한다. 그리고는 무대의 막이 내린다.

여기서 강은 '붓다'이고, 마지막 홍수는 '붓다'의 해방을 의미한다. 카잔차키스는 물질의 영靈으로서의 성변화를 '해방의 붓다'라 칭한 것이다.

『붓다』에서 그의 제자 모갈라나가 이렇게 외친다.

> "나의 동포여, 손뼉치고, 고개를 들고 외친다. 아니 외치는 것이 아니라 나는 노래한다. 사랑하는 허상들이여, 당신들 또한 노래하라. 나와 함께 노래하라(모두 함께 노래한다)."

> "황금 누에처럼, 꽃 없는 침묵의 가지에 붓다는 체류하였다.
> 그는 모든 잎을 먹었다. 그는 뽕나무 잎을 모두 먹었다.
> 그는 모든 잎을 먹었다. 그리고 그것들을 명주로 만들었다.
> 그는 더 이상 먹거나, 냄새 맡거나, 만지기를 원치 않는다.
> (……)
> 그의 오장육부는 비었고, 그의 심장은 가벼워졌다. 그는 황

야의 모든 마음과 공기가 되었다. 그는 마음과 공기가 되었다. 그리고 가볍게 흩어졌다."

—『붓다』 중에서

니코스 카잔차키스는 일기장에 이렇게 적었다. "나의 위대한 스승은 호메로스, 단테, 베르그송"이며 단테의 『신곡』 중 「지옥편」에 나오는 말 "인간은 어떻게 그 자신을 영원하게 만드는가"를 평생 좌우명으로 삼겠다고. 뿐만 아니라 『자서전』에서도 "내 생애에 항상 나를 괴롭히고 채찍질을 한 단어는 언제나 '오름(상승)' 하나뿐"이었으며 오름과 투쟁은 동의어로서 '나의 투쟁은 나의 영혼을 구제하기 위한 투쟁'이라고 밝혔다. 그는 어떻게 해야 영혼의 자유와 영성을 얻을 수 있는가 등의 명제를 놓고 평생을 씨름한 사상가요 진정한 구도자였다. 그의 오름의 발자취, 투쟁의 기록은 나무십자가 아래에서 빛나는 묘비명의 글귀 '자유'였다.

과연 어떻게 하면 아무것도 바라지 않는 대해탈심(자유)이 될 수 있을까.

아무것도 두려워하지 않기 위해서 우리는 어떻게 해야 할까를 나 또한 염두에 두고 지내던 어느 날, 나는 눈으로 『반야심경』을 좇다가 "모든 보살은 반야바라밀다에 의지해 닦아가나니 마음에 걸림이 없으며 걸림이 없으므로 두려움이 없다"는 '심무가애 무가애고 무유공포心無罣碍 無罣碍故 無有恐怖'에 눈길이 멎었다.

아무것도 두려워하지 않기 위해서는 먼저 마음에 걸림이 없어야 한다. 걸림이 없자면 어떻게 해야 할까?

"공空의 세계에서는 이렇다 할 실체도 없고 아무런 얻음과 잃을 것이 없다"는 것을 앎으로서였다. 나는 '무가애고 무유공포無罣碍故無有恐怖'에 밑줄을 그었다.

그런데 니코스는 『붓다』에서 다음과 같은 문답으로 자유와 구원에 대한 해답을 펼쳐 보이고 있다.

붓다가 말한다.

"전에는 이토록 완전한 자유를 한번도 얻지 못했노라. 그럼 나는 어째서 이런 자유를 얻었던가? 그것은 내가 커다란 결심을 했기 때문이다."

"어떤 결심이었나요?"

아난다가 물었다.

"나는 신에게 그대들이 신이라 일컫는 대상에게 내 영혼을 팔고 싶지 않으며, 나는 악마에게, 그대들이 악마라 일컫는 대상에게 내 영혼을 팔고 싶지 않다. 나는 누구에게도 나 자신을 팔고 싶지 않다. 나는 자유로다! 신과 악마의 발톱을 벗어난 자들은 행복할지어다. 오직 그만이 구원을 받는다."

"무엇으로부터 구원을 받나요?"

사리푸트라가 물었다.

"구원으로부터."

"구원으로부터 구원을 받아요? 스승님, 전 이해가 안 갑니다."

"그러면 더욱 좋다. 사리푸트라. 이해를 하면 넌 무서워하리라. 그렇기는 해도 이것이 내가 생각하는 자유의 형태임을 알아주기 바란다. 나는 구원으로부터 구원을 받았다. (……) 다른 모든 형태의 자유는 노예성임을 알기 바란다. 만일 다시 태어난다면 나는 구원으로부터의 구원이라는 위대한 자유를 얻으려고 싸우리라."

붓다는 자비롭게 사랑하는 제자의 머리를 쓰다듬었다.

"구원이란 모든 구세주들로부터의 해방을 의미한다. 그것은 지고하며 숭고한 자유이니, 인간은 거기에 이르면 숨이 찬다. 너는 인내하겠느냐? (나의 유일한 돌과 콘크리트인) 스물넉 자의 글자로 나는 구원으로 뻗어나간 새 길을 닦았다. 이제 나는 알았고 이제는 속지 않을 터여서 나는 두려워하지 않으며 차분하게 세상을 관조했다."(『영혼의 자서전』 2권, p482~485)고 말했다.

구원이란 모든 구세주들로부터의 해방을 의미하므로 이제 나는 알았고 더는 속지 않을 터여서 나는 두려워하지 않는다고 한 것을 알았다. 심지어 그는 희망이 결여된 신앙을 가장 용감한 신앙이라고 생각하며 희망이 없는 절대적인 자유 속에서 누리는 기쁨을 최고로 상정하였다.

신神이라는 대상에 영혼을 팔지 않으며 모든 형태의 자유는 노예성임을 알기 바란다는 『붓다』에서의 가르침은 니코스가 죽기 2

년 전(72세)에 쓴 『영혼의 자서전』에 "모든 우상들로부터 자유를 찾으려는 새로운 투쟁이 시작되었다"고 한 대목과 맞물린다. 어려서부터 그에게는 남다른 구석이 있었다.

그의 숙모의 집이 홀랑 타버렸을 때 처음으로 불을 구경한 그는 누가 목덜미를 잡아 집어던질 때까지 앞에서 깡충깡충 뛰며 춤을 추었다고 한다. 그리고 담임선생이 세상을 떠났을 때 웃지 않기 위해 애를 먹었다니……. "마치 선생과 숙모의 집이 나를 짓누르다가 없어짐으로써 내가 풀려난 기분이었다"고 고백한다. 뿐만 아니라 마음 속 우상이던 아버지 미할리스 대장이 사망하자 아내인 엘리니에게 적어 보낸 편지에서도 마찬가지였다.

> "나를 아버지하고 결속시킨 것은 사랑이 아니라, 이제는 갈라져버린 어떤 깊고도 굵은 뿌리였습니다. (……) 이제 나는 마치 줄을 끊어버린 독수리가 된 기분을 느낍니다. (……) 그리고 이제 나를 잉태한 자가 사라졌으니 나는 다시 태어나는 것입니다. (……) 마음이 편해졌습니다. 나는 해방되었습니다. 내 영혼은 힘차게 분출할 것입니다. 나는 더 이상 그 무엇이나 어느 누구도 두려워하지 않을 것입니다. (……) 아버지의 상실은 나를 찢어놓은 안도감이나 마찬가지였습니다. 어린 아이가 태어나면 숨을 쉬기 위해 숨통이 찢어져 터져야 하기 때문에 아픔을 느끼게 되듯이, 편안하게 숨을 쉬기 위한 자유였습니다."

그에게 자유란 연결된 인연의 끈을 잘라버린 해방감이며 숨을 쉬기 위해 숨통이 찢어져 터지는 아픔이었다. 그는 '희망'을 최후의 적이라며 그마저도 떨쳐버리려고 애썼다. 그의 대표작 『그리스인 조르바』에서도 두 사람이 함께 한 갈탄 광산업이 망했을 때 바닷가에서 벌떡 일어나 춤을 추기 시작했다. "하나님 망해버린 우리 사업을 보우 하소서! 마침내 거덜났도다." 이 대목이 영화에서 안소니 퀸이 춤추는 장면이다.

"사업이 거덜난 날, 세상에 거칠 것이 없는 자유인 조르바는 바닷가에서 춤을 추었고 책상물림인 나, 카잔차키스는 그 조르바를 그린 『그리스인 조르바』를 썼다"고 적고 있다.

또 어릴 때의 일이다. 건포도를 만들려고 햇볕 아래 널어놓은 포도에 폭우가 쏟아져 내렸다. 하수도가 넘쳐 길바닥에서 물이 강처럼 흘렀다. 어떤 사람들은 저주를 했고 또 어떤 사람들은 성모를 불렀다. 나중에는 포도밭마다 올리브 나무 뒤에서 통곡하는 울음소리가 들려왔다.

비에 흠뻑 젖은 이 꼬마는 기쁨을 감추려고 애를 쓰면서 집으로 달려갔다. 아버지의 반응이 궁금해서였다. 흐느껴 울까? 욕설을 퍼붓고 고함을 지를까?

"아버지!" 그가 소리쳤다. "포도가 다 없어졌어요!"

"시끄럽다!" 아버지가 대답했다. "우리들은 없어지지 않았어."

"나는 그 순간을 절대로 잊지 못한다. 나는 그 순간이 내가 인간으로서의 위기를 맞을 때마다 위대한 교훈 노릇을 했다고 믿는다. 나는 욕이나 애원도 하지 않고, 울지도 않으면서, 문간에 꼼짝 않고 침착하게 서 있던 아버지의 모습을 항상 기억했다. 꼼짝 않고 서서 재난을 지켜보며, 모든 사람들 가운데 아버지 혼자만이 인간의 위엄을 그대로 지켰다"(『영혼의 자서전』 1권, p108)고 적었다. 훗날 그런 아버지의 모습은 희곡 『붓다』에서 어르신 창으로 다시 태어난다.

자신의 인생의 향방向方을 정해놓고 스스로에게 다짐하던 니코스의 글은 내게 무척 경이였다.

"나는 나 자신에게 말했다. 나는 겸허해질 것이며 능력이 닿는 한 육체의 욕망들을 억제할 것이다. 육체가 잠을 자고 싶어하는가? 나는 그대로 깨어 있을 것이다. 육체가 먹고 싶어하는가? 나는 굶을 것이다. 육체가 앉고 싶어하는가? 나는 일어나서 산을 오를 것이다. 육체가 추위를 느끼는가? 나는 발가벗고 자갈밭을 걸어올라 갈 것이다.

(……)

육체를 정복한 다음에야 나는 영혼으로 관심을 돌릴 것이며, 나는 영혼도 더 낮은 차원과 더 높은 차원, 인간의 차원과 신의 차원, 이렇게 두 진영으로 나눌 것이다. 독서와 명상, 승리의 기쁨, 정의, 우정, 온화함 그리고 슬픔 -나는 이성의 하찮은 기쁨들과 싸울 것이다. 그리고는 두 번째로 이겨낸 다음에, 나는 다시 한번 나 자신의 내면에서 새로운 분리를 선언할 것이니, 최후의 적 '희망'을 떨쳐버리고 위로 높이 신의 불길과 더불어 치솟아 오를 것이며, 그 불길은 움직이지도 않고 연기도 내지 않으면서 깊은 어둠과 정적 속에서 나를 태워 없앨 것이다."

—『인간 카잔차키스』 1권, P71

'희망'을 최후의 적敵이라며 그마저 놓아버린 사람, 그러니 무엇을 더 바랄 게 있겠는가. 나 같은 사람은 몸을 버릴 나이에 이르러서야 겨우 헛되고 헛된 소용없음을 알게 되었는데 니코스는 어린 나이에 그것을 체득하며 신에 대항하는 인간의 투쟁을 즉 '자유'를 작품의 주제로 삼았던 것이다.

"나는 세상이 허깨비이며 사람들은 유령이요, 이슬의 덧없는 자식과 같은 존재라는 생각을 자주하였다"는 그를 떠올려본다. 그때 "법에는 자성이 없고 다른 것으로 자성을 삼는다法無自性 依他爲性"는 경전의 한 구절이 떠올랐다. 그는 생래적으로 그같은 것을 알았던 사람이다. 요컨대 그릇에는 자성이 없으니까 흙으로 자성을 삼듯 모든 것은 그것으로 만들어짐이 아닌 그것을 안 것이다. 무성無性이면서 연기緣起로 된, 실체 없는 그것을 안 이상 미혹에서 풀려날 수 있었으리라. 그러므로 "나는 아무것도 바라지 않는다"는 것은 스스로의 속박에서 벗어난 대자유인, 그가 바라던 바

해탈된 초인超人인 것이다.

그가 니체의 초인과 만나 초인을 '인류의 희망'이라고 부르며 한 말을 나는 잊지 못한다.

> 구원의 문은 우리 손으로 열지 않으면 안 된다. 이제 우리에게 '초인'은 희망이다. (……) 니체는 '신은 죽었다'고 선언하고 우리를 심연의 가장자리로 데려다 놓았다. 인간은 마땅히 저 자신의 본성을 뛰어넘어 하나의 초인이 되어야 한다. 신의 빈 자리를 우리가 차지해야 한다.

우리는 저마다 한 사람의 초인이 되어야 한다. '본래 부처'임을 잊지 말라고 그가 내게 넌지시 말하는 것 같다.

> 나는 자유롭다.
> 이것이 내가 바라는 그것,
> 더 이상 나는 아무것도 원하지 않는다.
> 자유를 찾아 나는 줄곧 해매왔으니.
>
> —「나는 자유롭다」에서

눈을 감고 그의 육성을 다시 듣는다.

말라르메의 부재不在인식과 허공 꽃
—「목신의 오후」를 중심으로

1. 꽃의 이데Idée

말라르메Stéphane Mállarmé, 1842~1898는 베를렌느, 랭보와 함께 프랑스 상징주의 3대 시인 중의 한 사람이다. 스스로를 '순수시의 탐사자'라고 언급할 만큼 순수시, 즉 시의 이상적 형태를 위해 끈질기게 추구한 수도사로 평가된다. 일생 동안 그는 시를 종교처럼 생각했다. '시라는 것은 독자가 그 열쇠를 찾아야만 하는 신비'라고 생각했던 그는 시를 평범하고 안이하게 쓰는 것을 몹시 싫어했다. 내용을 암시하고 대상을 환기시키는 상징적인 교감법을 사용했으며 그의 시어들은 치밀하게 계산된 것이었고 갈수록 난해한 시『에로디아드』1870,『목신의 오후』1876,『주사위 던지기』1898 같은 시를 쓰게 된다. 이러한 시적 추구과정에서 그는 무無와 직면하게 된다. 특히 허무와 죽음의 의식이 바탕을 이루고 있는「혼돈의 서」『이지튀르』에서 그가 도달한 궁극적 결론은 '허무가 진실'이라는 점이다.

그런데 말라르메가 말하는 "그 '허무'는 낭만주의적 감성으로서의 허무주의나 도덕적 허무의식과는 다른 '절대' 또는 '무' '공空'과 동의어로 이해해야 하는 형이상학적인 차원의 존재론적 개념을 가리킨다"는 이가림[1)]의 진술은 여간 반가운 것이 아니었다. 게다가 필립 솔레르스는 '무' 또는 '죽음'이 가장 핵심적인 주제로 등장하는 말라르메의 『이지튀르』는 "부정不定과 부재不在의 장場임과 동시에 죽음 속의 자의식의 창" 또는 "몰아沒我의 장Lieu de 'impersonnel"으로 풀이한 바 있다.

그의 대부분 작품에서 「허무」「무」「텅빔」「침묵」 등 부재不在 이미지를 발견하게 되는데 본고에서는 『목신의 오후』를 중심으로 님프들의 부재인식과 소위 불교에서 말하는 '허공 꽃[2)]'의 이데와 연계하여 그 상관관계를 짚어보고자 한다. 그는 『목신의 오후』를 쓰기 전, 자신이 '철학적 보석'이라고까지 명명한 순수시 『에로디아드』를 시작한다. 그러나 이듬해 중단하고 34년이 더 지나서 마지막 집이 된 발뱅에 정착하여 다시 손을 대나 끝내는 미완으로 남는다. 그는 스물두 살 때 커다란 포부를 갖고 친구 카잘리스에게 이렇게 적어 보낸 적이 있다.

---

1) 이가림(시인, 인하대 교수, 불문학 박사) 『말라르메 시집』의 (이준오 역, 숭실대학교 출판부) 서문 「절대에의 길」에서.

2) 허공 꽃 : 보조국사는 『진심직설(眞心直說)』에서 "생사란 본래 없는 것인데 스스로 허망분별상(虛妄分別相)을 일으키고는 망령되게 계산하여 있다고 생각한다. 제 눈병이 다 낳은 후에 비로서 공중에 꽃(허공 꽃)이 없다는 것을 아는 것과 같다"고 하였다.

"마침내 나는 『에로디아드』를 시작했네. 무시무시한 일일세. 왜냐하면 필시 대단히 새로운 미학으로부터 생겨나는 언어를 만들어내고 있으니까. 그 새로운 미학이란 사물을 그려내지 않고 사물이 발산하는 효과를 그리는 것. 그리하여 거기서는 시가 낱말들로 이뤄지는 것이 아니라 의도로 이뤄지고 모든 언어는 그 감각 앞에서 사라져야만 한다네."

그가 말한 새로운 시학이란 한마디로 어떤 대상을 그리는 것이 아니라 그것이 일으키는 효과를 그린다는 것이다. 그러므로 시는 언어의 의미로 이루어지는 것이 아니라 언어의 의도로 이루어지며 모든 언어는 불러일으키는 감각 앞에서 소멸된다는 것이다. 그는 또한 「시의 위기」에서 이렇게 말한다.

"나는 한 송이의 꽃!이라고 말한다. 그러면 내 목소리가 어떤 테두리를 긋는 망각의 저 밖으로, 모든 꽃다발들 속에 부재不在하는 꽃, 꽃의 달콤함 그 자체가 음악적으로 떠오른다."

여기에서 그가 드러내보이고자 한 것은 눈에 보이는 현상으로서의 꽃이 아니라 어떠한 꽃다발에도 부재不在하는 꽃의 '이데'라는 것이다. 그가 추구하는 이미지의 세계는 이미지의 드러냄이라기보다는 이미지의 사라짐, 이미지 부재라고 할 수 있다. 부재에 이르기 위해 이미지 혹은 사물현상에 대한 '인상'은 제거되고 파괴되어야 한다는 그의 시론을 접했을 때, 나는 김춘수金春洙의 이름이 떠올랐다. 말라르메의 '한 송이 꽃'에서 "내가 그의 이름을 불러주었을 때 그는 나에게로 와서 꽃이 되었다"는 그의 시가 생각났던 것이다.

김춘수 시인은 "시는 관념으로 굳어지기 전의 어떤 상태가 아닐까 하는 시에 대한 새로운 인식을 하게 되었다"고 「나의 문학 실험」에서 말한 바 있다. 관념을 의미의 세계라고 한다면 시는 의미로 응고되기 전의 존재, 그 자체가 아닐까 하는 인식에 이르게 되었다는 것. 그는 시에서 관념을 빼는 연습을 하게 되었는데 그 기간이 3~4년이나 걸렸으며 그의 뒷이야기는 이렇게 계속된다.

> "있는 그대로의 사실(존재의 모습)을 그린다. 흡사 물질시의 그것처럼 된다. 묘사라는 것은 결국 이미지만 드러나게 하는 방법이다. 그리고 이때의 이미지는 서술적이다. (……) 서술적 이미지는 그 배후에 관념이 없기 때문에 존재의 모습(사실)이 그대로 드러난다. 즉 그 이미지는 순수하다. 이리하여 나는 이런 따위의 이미지로 된 시를 순수시라고도 하며 무의미의 시라고도 하게 되었다."

관념을 빼면 존재의 모습이 그대로 드러나고 그 이미지는 순수하다는 김춘수와 수원지가 동일한 말라르메의 '무의미 시'나 '침묵'을 주목한 또 한 사람이 있다. 멕시코의 시인 옥타비오 파스1914~1998다. 그는 오늘날 시인의 작업이란 말語과 사물의 사이, 표현과 실제 사이의 간격을 좁히는 피나는 투쟁을 감수해야 한다고 역설하며 말라르메처럼 그 자신 스스로도 투쟁의 전사가 되어 다양한 시적 체험을 시도한 바 있다. 말이 가진 전략된 의미를 붕괴하고 말라르메의 '무의미 시'나 '침묵'을 주목하며 언어의 극도 생략인 하이쿠의 시 형식을 천착하고 주역의 괘상(기호)을 활용하여 시 쓰기를 시도했다. 그는 자신의 시 평론서인『활과 리라』에서 "시인은 언어가 원래 말할 수 없는 것을 이미지를 통하여 어떻게 말할 수 있는가의 경지를 보여주기 위해 작업해야 한다"고 밝혔다.

옥타비오 파스는 '하이쿠'에 심취하고 말라르메의 '침묵'에 대해 천착한다. 침묵도 하나의 메시지를 담고 있기 때문이다. 석가가 대중이 운집한 가운데 아무 말 없이 '한 송이 꽃'을 들어 올렸을 때, 미소로 답하던 단 한 사람, 가섭과의 무언극에서 두 사람은 벌써 이심전심以心傳心으로써 정법안장正法眼藏을 주고받았던 것이다. 언어 이전의 소통이다.

파스에 의하면 '부처의 침묵은 단순한 지식이 아닌 지식 다음에 오는 지혜'라고 말한다. 시인들이 그 같은 지혜의 경지에 도달하려면 언어 순화와 그 투명화의 과정을 거쳐야 한다며 그런 후에야 시인들도 바라밀다 즉 '피안'에 도달할 수 있다는 것이다.

'피안彼岸'이란 19세기 서구 작가들(말라르메 포함)이 말하던 '절대絶對'이며 초현실주의자들에게 있어서는 '최상의 점點'과 동일한 것이라는 설명을 그는 잊지 않았다. 언어는 감각 앞에서 소멸되고 우리 앞에 이미지로 존재한다. 시는 언어의 '의도'로 이루어진다는 시의 종교자 말라르메의 '침묵'과 '절대'와 '피안'의 상관관계를 더듬게 된다.

어쨌든 말라르메에 의하면 그의 시적 추구의 목표는 "현실에서 '이데'로의 신성한 전환에 있다"며 '이데'의 실현을 위해서는 언어의 의미기능 이외에 언어의 음악적 힘이 필요하다는 것이다. 그의 시적 탐구는 존재의 근원에 대한 탐구와 언어본질에 대한 탐구라고 할 수 있다. 존재 근원에 대한 탐구과정에서 그는 필연적으로 부재不在를 만나고, 언어의 본질에 대한 탐구과정에서는 언어의 한계에 부딪치며, 이를 극복하기 위해 음악과 만난다. 그리고 그는 존재의 근원을 '이데'라는 말로 암시한다. 그리하여 부재, 이데, 언어, 음악은 그의 시학을 이루는 주요 요소가 된다. 숲지기 악신樂神인 반인반수半人半獸의 목신을 등장시킨 『목신의 오후』야 말로 그 좋은 예가 될 수 있다. 『목신의 오후』는 12음철音綴의 시구 110행으로 되어 있으며 프랑스 시 사상 가장 아름다운 서정시 중의 하나로 손꼽힌다.

2. 『목신의 오후』

그리스신화에서 모티브를 가져와 피리를 부는 악신 폰Faune[3]을 등장시킨다. 무대는 시칠리아 섬 라도 강변이다. 클로드 드뷔시가 〈목신의 오후 서곡〉을 작곡해 1894년 12월에 초연하고, 아름다운 시와 음악에 따라 무용가 니진스키가 러시아 발레제에서 무대에 올렸던 작품이다.

열사熱沙의 숨 막히는 오후, 목신은 육욕肉慾적인 꿈을 꾼다. 그는 꿈속의 매혹 상태를 연장시키려 애쓴다. 잠결에 눈을 뜨니 물가 기슭 주변에 님프들의 육체로부터 풍기는 장미색의 일렁거림이 느껴진다. 꿈에서 보이는 것인가, 현실인가? 기억을 더듬는다. 그러자 늪의 기슭에서 알몸의 님프들이 어른거린다. 님프들은 목신의 시선을 견디지 못하여 물속으로 몸을 숨긴다. 그때 두 님프가 서로 엉켜 안고 잠들어 있는 것을 발견한다. 그는 그 둘을 함께 끌어안고 장미 덤불 속으로 달려간다.

목신은 두 님프들의 뒤엉킨 머리칼을 입맞춤으로 풀어주려 한다. 그러자 목신은 육욕의 예감으로 힘이 시들어 빠져버리게 되고, 그 틈을 탄 님프들은 목신의 팔 사이에서 벗어나 도망친다. 노획물을 놓쳐버린 목신은 헛되이 갈대 줄기를 포옹하고서 갈대 풀피리를 불며 마음을 달랜다. 그리고는 나른한 몸을 뜨거운 모래사

3)폰(Faune) 그리스신화에 나오는 반인반수의 정령 사티로스는 목신 판(Faune)과 다르지 않으며 풍요의 신으로 욕정의 성격을 부여받고 있다. 자고 있는 님프의 옷을 벗기거나 덮치는 등 매우 호색적인 신이다.

장에 눕히고는 다시 잠이 든다. 갈망의 대상인 님프들의 부재를 통해서 욕망의 허상과 존재의 본질이 꿈과 같은 '허공 꽃'이 아닐까를 유추해 보게되는 것이다.

> 여기 물의 요정들, 그들 영속할 수 있다면
> 그 맑고 연한 그들의 살색, 얽힌 잠 속에
> 졸고 있는 대기 속에 하늘거린다.
>
> 내가 꿈을 사랑한 건 아닐까?
>
> 생각해보자.
> 혹 네가 말하는 여자들이
> 네 공상하는 감각의 소망에서 생긴 건 아닌지!
>
> —「목신의 오후」 중에서

말라르메답게 신중한 통찰이 이어진다. 꿈에서 관능의 유희를 즐기다 깨어난 목신은 혹 이 기이한 '감각'이 지어낸 거짓 현상이 아니었나를 반문한다. 여자들은 너의 우화적인 감각의 욕구에서 나온 소망이 아닌가? 그는 왜 거짓 현상에 대해 주목하는 것일까?

토지관리국 말단 공무원의 아들로 태어난 그의 현실세계에 대한 인식은 비극적이었다. 다섯 살에 어머니를 잃고 어린 누이동생의 죽음을 경험한다. 가난한 외조모 밑에서 성장했으며 결혼 후 어린 외아들마저 잃고 만다. 인간은 한낱 '물질의 헛된 형상'일 뿐이며 '육체는 슬픈 것'이고 세상은 온통 환자들로 가득 찬 하나의 거대한 병실이라는 비극적 세계관 속에서 그는 허무에 집착하게 된다. 그럴수록 그는 '시인의 이상'을 순수시『에로디아드』에 담고 싶어한다. 이 작품은 유모와 공주 '에로디아드'의 대화로 이루어져 있다. 유모가 말한다,

공주의 그 냉정은 미지의 신에게 자신의 "아름다움의 보물"을 맡기기를 몰래 애원하기 때문이 아니냐고? 그 눈부신 광채와 "헛된 신비"를 누구를 위해서 고통스럽게 간직하느냐고 묻자 공주는 "자신을 위해서죠"라고 짧게 답한다. 유모는 공주에게 "혼자서 자라나 물속에 하염없이 비춰보는 제 그림자 외엔 아무런 감동도 없는 서글픈 꽃"이라고 말한다. 공주는 자신의 고독한 삶이 "최후의 매혹"이라고, 고독이 매혹의 완성이라고 외친다. 유모는 공주의 고집스런 순결애의 염원 때문에 어쩌면 공주가 죽음에 이를지도 모른다고 걱정한다. (순수시, 순결애의 염원에 빠진 이는 다름 아닌 시인 자신이다.) 에로디아드는 유모에게 하직을 고하며 "자신의 헛된 나르시스적 순결이 거짓이라"고 외친다.

"이 고독한 작품이 나를 불모로 만들어버렸다네"라고 깊게 탄식하던『에로디아드』와『목신의 오후』는 언어의 실험과 새로운 영

감, 내적 인상 등 그야말로 새로운 시학의 암중모색으로 창작되어야 했기에 그가 여기에 기울인 초인적인 노력과 언어에 대한 집요한 집착은 그를 "무Néant"와 "공허Vide"라는 두 개의 심연 같은 절망에 빠지게 했다.

> 나는 자네에게 세 달에 관해 대략 얘기해야 할 것 같네. 그건 가히 무시무시한 것이었네. 난 그 세 달을 「에로디아드」에 매달렸지. (……) 불행하게도 시구들을 이 정도까지 천착하면서 나는 나를 절망에 몰아넣은 두 가지 심연을 발견했네. 그 하나는 내가 불교를 알지도 못하고 도달해버린 무無인데 난 아직 너무 비탄에 빠져서 이 시의 진실성을 확신할 수도 없고 너무 고통스런 생각 때문에 포기해버린 그 작업에 다시 착수할 수 있을지도 의문이네. (……) 내가 발견한 또 하나는 내 가슴의 공허라네.
>
> —「서한, 카잘리스에게」 1866년 3월

『에로디아드』에서 만난 "무와 공허", 『목신의 오후』의 "완전히 새로운" 시에서 겪어야 하는 절망의 나날은 그를 일 년 동안이나 실어증을 앓게 했다. 한 해가 지난 뒤 자신의 심경을 이렇게 고백한 바 있다.

무서운 한 해를 보냈네. 내 사고思考는 사고되었고 나는 순수 개념에 도달했네. 이 기나긴 고통 속에서 그 여파로 내 존재가 겪었던 모든 것은 말로 형언할 수가 없네. 하지만 다행스럽게도 나는 완전히 죽었네. 하여 내 영혼이 모험할 수 있는 가장 불순한 영역은 '영원'이라네. 시간의 반영조차도 어둡게 할 수 없는 내 영혼, 자신의 순수에 익숙한 고독한 내 영혼 말일세. 불행하게도 나는 거기에 어떤 무시무시한 감성을 통해 도달했다네. 이제 그걸 외부적 무관심으로 포장할 시간이네. 그렇게 하면 내 잃어버린 힘을 찾을 수 있을 것 같네. (……) 게다가, 자네에게만 고백하건대, 내 승리를 위한 고뇌가 얼마나 컸던지 난 사고思考하기 위해서는 아직도 거울 속의 나를 들여다봐야만 한다네. 거울이 만약 내가 지금 자네에게 글을 쓰고 있는 이 책상 앞에 없다면 나는 다시 무無가 되어버릴 것 같네. 내 말은 난 이제 비非개인, 즉 자네가 알고 있었던 스테판이 아니라 정신적 우주가 과거의 나를 통해 자신을 바라보고 또 자신을 전개코자 하는 하나의 성향이라는 것을 자네에게 알리는 걸세.

—「서한, 카잘리스에게」 1867년 5월

다행스럽게도 그는 완전히 죽었고 어떤 무시무시한 감성을 통해 자신의 순수에 도달했다. 그는 의식이 끊어진 자리에서 무아無我를 체험한다. 마치 죽은 사람처럼 빈 시간 속에 들어가 영원을 엿본 시간체험을 한 것이다. "만약 거울이 책상 앞에 없다면 나는 다시 무無가 되어버릴 것 같네"라고 말한다. 무無의 대구對句가 유有인 것처럼 무無의 바닥에서 그는 진리 대신 시를 발견한 것이다. 왜냐하면 그의 종교는 시詩였기 때문이다.

『에로디아드』와 『목신의 오후』는 거의 같은 시기에 씌어져 서로 내외적으로 상관관계를 맺고 있다. 반짝이는 차가운 이성의 불길과 감각적 욕망에 불타는 뜨거운 열정은 마치 샴쌍둥이처럼 시인의 내면에 공존하는 쌍두사双頭蛇라고나 할까. 위에서 살펴본 바 시인을 절망케 한 심연은 '무無'와 '우리는 물질의 헛된 형태일 뿐'이라는 비극적 인식이다.

"존재했던 것은 물질뿐이다. 사유와 시, 자아의식, 세계와 신神의 즉자적인 현존이 모든 것들은 꿈이었으며 꿈은 존재하지 않았다. 하늘은 비어 있었다. 먼 곳에 공간 속에 있는 관념들의 소재인 이상적이면서도 현실적인 어떤 세계를 상상하는 것은 부질없는 일이었다. 순전히 정신의 환각인 이 관념들은 소재所在도, 실재도, 심지어는 존재조차도 정신 속에 있지 않았다. 왜냐하면 정신 자체도 거짓이었기 때문이다. 그리고 정신적인 존재로서는 인간 존재 역시도 존재하지 않았다"라는 평론가 조르주 뿔레[4]의 도움으로 나는 말라르메의 공空과 무無에 대해 다가갈 수 있었다.

---

4) 조르주 뿔레(프랑스 평론가) : 『인간적 시간에 관한 연구』에서 한 짝의 수정들이여 안녕히! 나는 그대가 둔갑한 그림자를 보리라. —「목신의 오후」에서

그렇다면 정신은 왜 거짓인가? 불교에서는 인간 존재를 오온五蘊: 色受想行識으로 설명한다. 색은 우리의 몸을, 수·상·행·식은 정신 작용을 지칭한다.

정신적인 현상이나 그 작용은 영혼과 같은 존재에서 발생하는 것이 아니라 감각기관과 그것에 관계되는 대상과의 만남에서 발생하는 일시적인 현상에 불과하다는 것이다. 6근인 눈, 귀, 코, 혀, 몸, 마음眼耳鼻舌身意이 6경인 물질, 소리, 향, 맛, 감촉, 생각色聲香味觸法을 만날 때 안식眼識 이식耳識 비식鼻識 설식舌識 신식身識 의식意識들과 여기에 따르는 정신현상이 발생하게 된다. 감각기관과 대상이 만날 때 식識이 일어나고 식이 발생하면 다른 정신활동은 자동적으로 일어난다. 마음은 6근根, 법은 6진塵, 몸은 허깨비, 어디에 내가 있겠는가? 6근과 6진이 환상과 같아서 있다고는 하지만 그 실체는 없는 것이니 당연히 그 둘에 의하여 드러나는 생각도 실체가 없는 것이다. 6근, 6진, 6식(생각), 이 셋은 모두 허상이다. 이 세 가지가 어울려 눈앞에 나타난 것이 하나의 '허공 꽃'이다. 바로 지금의 '나'이기도 한 것이다. 그는 시적 화자인 목신을 통해 자신의 사유를 확장시킨다.

> 오 반드시 오고야 말 징벌……
> 아니다, 하지만, 언어가
> 부재하는 나의 영혼, 무거워진 육체는
> 정오의 씩씩한 침묵 앞에 결국은 쓰러진다.

이제 그만하고, 불경한 생각을 잊은 채,
목마른 모래 위에 잠들어야 한다.
아, 포도주의 효험 좋은 별들에게
입술을 여는 것은 이리도 좋은가!

이 작품의 마지막 연이다. 그중에서도 나는 마지막 결구에 집중한다.

— Couple, adieu; je vais voir l'ombre que tu devins.

'한 쌍의 물의 요정이여, 안녕. 너희들이 생성한 그림자를 보러 가겠다'는 이준오[5]의 번역이고 '한 쌍의 수정들이여, 안녕히! 나는 그대가 둔갑한 그림자를 보리라'는 김화영[6]의 번역이다. 나는 여기서 놓칠 수 없는 질문과 만난다.

① 너희들이 생성한 그림자와 ② 그대가 둔갑한 그림자는 무엇을 지칭하는가. 그리고 그것들은 다른 것인가 같은 것인가?

이 몸은 마침내 자체가 없는 것이고 인연과 조건이 화합하여 형상이 이루어졌으나 사실은 허공 꽃과도 같이 환幻으로 된 것과 같다. 보조국사의 말처럼 "생사는 본래 없는 것인데 망령되이 있다고 헤아린다. 어떤 사람이 병든 눈으로 허공에 어른거리는 아지랑이를 볼 때, 눈병 없는 사람이 허공에 꽃이 없다 하면 그는 그 말

5)이준오(프랑스 국립대학 문학박사)『말라르메의 시집』(숭실대학교 출판부).
6)김화영(프로방스대학 졸업, 고려대 교수)『목신의 오후』(민음사) 46쪽.

을 믿지 않는다. 그러다 눈병이 나으면 '허공의 꽃'이 저절로 없어져 비로서 꽃이 없음을 믿게 된다". 그 꽃은 원래 없는 허깨비였건만 병자가 망령되이 꽃이라 짐작하였을 뿐이요, 그 본체가 참으로 있는 것이 아니라고 일러준다. 생성한 그림자나 둔갑한 그림자는 모두 이와 같이 비존재들이다. 존재는 비존재의 법칙 속에 존재한다는 일심삼관一心三觀, 空 假 中을 붓다는 『금강경』[7]에서도 설파한 적이 있다.

"본래 없는 자기 모습을 통달한 사람이야말로 깨달은 사람"이라고 하지 않던가.

3. 꿈과 환영幻影

셰익스피어는 아예 '우리는 꿈의 재료로 만들어졌다'고 일갈한 (「폭풍」 4막 1장) 바 있다. 꿈이란 실재가 아니다. 꿈이란 환영이며 꿈의 재료인 우리 역시도 환영이다. 『목신의 오후』1876보다 150년 전, 김만중의 소설 『구운몽』1725이 있었고 『구운몽』보다 436년이나 앞서 일연 스님이 펴낸 『삼국유사』에 「조신의 꿈」이 들어 있었다. 그것들은 한결같이 꿈에서 출발한다. 꿈속에서 환상을 실현해보지만 깨고 나면 역시 꿈의 세계다. 꿈으로부터의 각성은 일장춘몽. 그러나 말라르메는 '춘몽春夢'의 의식에 머무르지 아니하고 허무라는 환상의 베일을 한 겹씩 벗겨내고자 한다. 우선 「조신

---

7) 『금강경』 「제17구경무아분(究竟無我分)」.

의 꿈」과 「구운몽」의 꿈속으로 들어가 보자.

「조신調信의 꿈」

경주 세달사의 승려인 조신은 불공 드리러 온 태수의 딸에게 마음을 빼앗긴다. 그녀가 다른 사람에게 출가해버리자 마음앓이를 하다 깜박 잠이 든다. 꿈속에서 장원급제하고 그녀와 맺어져 40년을 함께 지낸다. 생활은 곤고해지고 큰아이는 굶어 죽는다. 하룻밤 꿈속에서 사람의 평생을 경험한 그는 탐하던 육체의 욕망이 이루어진다 해도 그것이 진정한 행복이 아니라는 것을 깨달으며 꿈에서 깨어나 불도에 더욱 정진한다는 줄거리다.

「구운몽九雲夢」

중국 연화봉 아래 불도를 닦고 있는 성진性眞은 육관 대사의 분부로 용궁에 다녀오던 중 우연히 팔선녀를 만나 잠시 동안 석교 위에서 희롱하며 정을 나눈다. 그 죄로 아홉 사람은 인간세상으로 내쫓김을 당한다. 성진은 사대부 양소유로 환생하여 사방에 흩어져 있는 팔선녀와 차례로 만나 자신의 아내로 삼고 부귀공명 등 모든 것을 다 갖게 되나 별것 아니었다. 여전히 죽음 앞에 있는 티끌이라는 존재를 깨닫고 꿈에서 깨어난다.

2500년 전 부처님 재세 시, 외모가 준수했던 붓다의 제자 아난이 성 안에서 탁발을 하고 있을 때였다. 그 모습을 본 마등가녀의 딸이 한눈에 반하고 만다. 그녀는 마술사인 엄마에게 마법으로 그를 유인해달라고 간청한다. 마법에 걸려든 아난이 몽유병자처럼 마등가녀의 집을 찾을 때, 붓다는 신통력으로 이 상황을 꿰뚫어보고 마법을 멈추게 하고 그를 구출해낸다. 이것을 계기로 아난과 붓다와의 문답이 이어진다[8].

아난은 부처님의 거룩한 상호를 보고 마음과 눈에서 미감美感이 일자 정이 일어나고 욕망이 일어 출가하게 되었다고 말씀드린다.

마음과 눈에 대한 분석에서부터 의식에 이르기까지 붓다는 "분별의식이 생겨나면 색상, 허공 등의 현상법칙도 따라서 생겨나고 분별의식이 소멸하면 색상, 허공 등의 현상법칙도 따라서 소멸한다. (……) 그러므로 이 몸에는 '나'도 없고 '주재'도 없음을 알아야 한다. 또한 오음五陰 : 色,受,想,行,識으로 마음을 삼지만, 이 오음[五蘊] 역시 '나'도 '주재主宰'도 없다"고 한 『능엄경』의 말씀을 주목하게 되는 것이다.

"5음이 망상에서 생겨난 것임을 깨달으면 뒤바뀐 생각을 단박에 녹일 수 있지만 5음을 끊어 없애는 일은 단박에 없앨 수 없기 때문에 5음을 하나하나 깨뜨려 없애야 한다"며 『능엄경』은 그 하나하나의 격파를 시현해 보인다. 5음의 공성空性을 예리하게 파헤친다. 이 다섯 겹의 감수感受의 음경(5음)은 바로 다섯 가지 망상

8)『능엄경』 제2권「심리와 생리인 5음작용 경험의 분석」.

妄想이 형성한 것으로 실체 없음을 강조한다. 우리가 실유實有라고 여기는 현상계는 사실 우리의 심층마음이 만들어 낸 허상[幻]이다. '나'는 실로 없지만 거짓으로 있음이 허용되는 가유假有는 제7 말나식의 '내가 있다'는 잘못된 생각으로 근본 번뇌를 야기한 때문이라는 가르침이다.

꿈을 깬다는 건 '내가 있다고 잘못 안' 전도몽상顚倒夢想에서부터 벗어나는 일이다.

> 몸이란 물거품, 마음은 바람身如聚沫 心如風[9)]
> 환에서 나온 것은 무근무실상幻出無根無實相

환술로 생겨난 몸과 마음[身識]이 근본도 실상도 없나니 마음[心識]의 실체란 본래 없다는 것이다. 마음은 본래 무생無生인데 근·경·식根·境·識으로 인하여 온갖 세계가 표출[有]된다는 것이다. 눈앞에 대상이 없다면 마음 또한 없는 것을. 마음 따라 근, 경, 식의 작용으로 만 가지 법이 생기고, 한 생각의 마음 따라 모든 것이 사라진다. 마음의 인연 화합으로 잠시 드러난 그것(인식현상). 그것도 그것이랄 게 없는 것 아닌가. 말라르메는 님프의 뒤꿈치의 그림자를 보며 그런 생각을 키워나간 것이 아닐까?

『구운몽』에서 육관 대사는 성진에게 『금강경』의 다음 계송을 일

---

9)과거 7불의 두 번째 부처인 시기불(尸棄佛)의 게송.

려주고 떠난다.

> 일체유위법 여몽환포영 여로역여전 응작여시관
>
> 一切有爲法 如夢幻泡影 如露亦如電 應作如是觀

세상의 모든 법은 꿈이며 환幻이다. 물거품 같고, 그림자 같고, 이슬 같고, 번개와 같으니 마땅히 이와 같이 알라.

이렇게 세상을 환영幻影으로 인식한 작가들은 말라르메 말고도 여럿 있었다.

"우주는 우리에게 끊임없이 색·성·향·미·촉으로 인식된다. 그러나 그 인식된 표상 뒤에는 아무것도 없다. 세상은 환幻이고, 산다는 것은 바로 꿈꾸는 것이다"라는 보르헤스. "인생 그 자체는 하나의 환상적이고 한바탕 꿈일 뿐이다. 존재하는 것은 아무것도 없어. 모든 것은 꿈이지"라던 마크 트웨인.

"인생은 어차피 환幻, 끝내는 공空과 무無로 돌아가리라"던 중국의 시인 도연명 외에도 쇼펜하우어나 헤르만 헤세도 현실을 '환영'으로 보았다.

나는 말라르메에게서 '표상 뒤에는 아무것도 없다'는 보르헤스를 다시 읽는다.

'너희들(님프)이 생성한 그림자'란 꿈 같고 환幻 같고 물거품 같은 것이 아닐까. '그대(요정)가 둔갑한 그림자'란 무無에서 잠시 나타난 '허공 꽃'[有] 같은 존재가 아닐까. 그런 생각을 짚어보게 되는 것이다.

말라르메는 문학지 『라 플륨』의 창간을 기념하는 자리에서 자작시 「인사SALUT」를 낭송한다.

> 무無, 이 거품, 순결한 시
> 단지 술잔을 내보일 뿐이니
> 저 멀리 보이는 인어 떼들의
> 엎치락뒤치락 가라앉는 모습과 같다
>
> ―「인사」 중에서

> '무無, 이 거품, 순결한 시'
> Rien, cette écume, vierge vers

이 세 마디로, 그의 시 정신을 요약할 수 있지 않을까 싶다.

아무것도 없는 '무無'가 진공眞空이라면 '거품'은 거기에 부유浮遊하는 사랑과 미美의 여신 아프로디테를 상징한다. 하늘의 신 우라노스가 아들인 시간의 신 크로노스에게 죽임을 당하는데 그때 절단된 우라노스의 음경이 바다에 떨어져 거기에서 생긴 하얀 물거품에서 아프로디테가 탄생한다. '거품'은 관능, 욕망, 출생 등 환영幻影의 묘유妙有로 볼 수 있지 않을까.

'순결한 시'란 말라르메가 일생을 추구한 순수시다. 시詩란 절言+寺의 말씀, 문자를 세우지 않는不立文字 진리, 혹은 중도中道로 풀이할 수 있다.

> 나는 죽었다가 내 정신의 마지막 보석상자의 열쇠를 지닌 채, 되살아났네. (……) 나는 자신 있게 말하기 위해서 무無까지의 꽤나 먼 길을 내려갔었네. 거기에는 오직 미美밖에는 없으며 그 아름다움의 완벽한 표현은 단 하나뿐이네. 시詩.
>
> —「서한, 카잘리스에게」 1866년

일생 동안 시를 종교처럼 생각하며 '시의 종교' '미의 종교' '이상의 종교'에 도달하기 위해 세속적인 욕망을 모두 버리고 구도자적 삶에 헌신한 결과 그는 보석상자(시)의 열쇠를 쥐게 된 것이다. 그리하여 그의 순수시La poésie pure는 세상의 헛됨[虛無]을 덮을 수 있는 미美와 예술, 그리고 지知의 전변을 위한 고행이었다고 할 수 있다. 자신의 분신인 이지튀르[10)]가 말하듯 허무虛·無는 진실이다. 색色만도 아닌 공無만도 아닌 유무상즉有無相卽의 '허공 꽃' 그래서 허무는 진실인 것이다.

있음이 곧 텅빔卽有卽無이고 텅빔이 곧 있음卽無卽有이다. 공즉

---

10)이지튀르 : 산문시의 주인공 이지튀르는 극적인 창작에 의해 스스로 신의 권좌에 앉으려고 하였지만 자기 재능에 절망하여 미친 끝에 자살해버린다.

시색空卽是色이므로 허무[空]가 진실인 것이다. 말라르메는 허망한 꿈을 깬즉 그것이 모두 자신의 욕망과 집착임을 자각하고 그것의 비실체성[空性]을 통찰함으로써 그로 인한 번민으로부터 벗어나고자 한다. 번뇌가 그대로 깨달음이다. 자신의 마음이 펼쳐낸 욕망의 그림을 보고 환幻을 없애려고 하는 것이 아니라 그 대상의 비실체성을 알아차리는 '각성(깨어있음)'의 상태를 보여준다. 『원각경』의 말씀대로 "환幻을 여의면 곧 깨달음이다離幻卽覺."

그는 꿈을 깬 각자覺者였다.

진심출사眞心出死의 수필미학

— 맹난자 수필집 『시간의 강가에서』의 작품 세계

유한근/ 문학평론가

필자는 맹난자 수필집 『나 이대로 좋다』의 서평 「적멸위락寂滅爲樂의 수필미학」에서 이렇게 말한 바 있다. "맹난자 수필은 특별하다. 그의 작품은 우리의 가슴을 어루만져 준다. 어떤 때는 머리에 충격을 주기도 한다. 그리고 끝내는 우리 시대의 화두인 '힐링'의 의미를 환기해준다"고 포괄적으로 언급했으며, 그 특별한 이유를 "니체의 로고스적 요소와 파토스적인 요소 혹은 (……) 불교적 상상력 혹은 우주적 상상력과 함께 개인적인 미학적 상상력을 촉발시켜 우리의 삶에 있어서 무엇이 중요한가를 느끼고 사색하게 한다. 그리고 이 작품은 작가가 그동안 부단히 탐색해온 인간의 생사 문제와 열반의 문제를 쉽게 설명해주고 있다. 특히 죽음의 문제에서 간과할 수 없는 '윤회'의 정체를 쉽게 밝혀줌으로 해서,

사는 것이 죽는 것이며, 죽음이 삶이라는 생사일여生死一如의 미학으로 우리 모두를 평상심平常心으로 돌아가게 한다"고 말했다. 그리고 "이런 점에서 맹난자 수필은 미학적인 국면에서 피천득의 수필과 김진섭의 수필을 변증법적으로 결합한 한국 수필의 새 지평을 여는 통섭수필 혹은 통합수필인 셈이다. 그뿐만 아니라, 불교문학적인 입장에서 수필의 영역, 그 지평을 새롭게 연 작가"[11]라고 말한 바 있다.

그러나 이번의 수필집 『시간의 강가에서』에 수록된 전편을 읽으면서 불교문학적인 관점에서만 바라볼 것이 아니라, 그 맥락 속에서 세계정신사적 혹은 문학사상적 맥락에서 재조명하여 바라보아야 할 것이라는 생각을 갖게 되었다. 이런 시각의 귀납적 결과가 같은 것이라 해도 그 사유의 과정을 디테일하게 살핌으로 해서 한 작가의 정신사를 탐색할 수 있다는 점에 주목하게 되었다. '존재에 대한 단상'으로는 사물과 유기체인 미물에서부터 인간에 이르기까지 생명에 대한 존재 의미를 탐색할 수 있으며, '몸에 대한 사유'에서는 정신과 대척적인 자리에 있는 육체에 대한 욕망과 사랑 등을, 그리고 '자연에서 배우다'에서는 공자, 노자, 라즈니쉬. 보르헤스의 자연관과 시간관을 통해서 인간의 생사 과정에서의 제 문제를 탐색해본다. 그리고 '문학의 힘'에서는 노자, 원효를 비롯한 동서양의 석학과 문인인 춘원, 루쉰, 조나단 스위프트, 오

11) 졸저 『인간,불교,문학』 (인간과문학사, 2017), p179-180

에 겐자부로, 마크 트웨인, 존 스타인벡과 헤세의 정신사적 편력을 살피면서 문학의 힘인 현상학을 탐색한다. 또한 '독서의 즐거움'에서는 작가가 섭렵한 독서의 일단을 그리고 이와 같은 맥락의 '불교로 읽는 문학'에서는 사무엘 베케트, 몽테뉴, 카잔차키스, 말라르메의 글에서 문학사상과 불교사상의 연관 관계를 탐색한다.

이렇듯 시간과 공간을 넘나드는 작가의 사상적 궤적을 일별하는 것이 즐거움이 되면서도 따라잡기가 벅참을 진솔하게 토로하면서 맹난자 작가의 '시간의 강가', 그 사유의 공간 속으로 들어간다.

1. 시간의 표상적 흔적들

수필 「까마귀」는 흉조의 표상으로 인식되고 있는 '까마귀'를 모티프로 한 비교적 긴 수필이다. 이 수필은 다섯 토막의 단상으로 연결되어 있다. 첫 에피소드는 공원 산책에서 만난 까마귀를 통해서 유년시절을 재생적 상상력으로 끌어내어 까마귀를 "천상에서 지상을 연결하는 매개자의 신표"로 인식하게 된 사연을 감각적으로 쓴 단상이다. 두 번째 에피소드는 뉴욕 퀸즈에 있는 에드거 앨런 포의 마지막 집의 기행을 통해서 그의 시 「갈까마귀」를 떠올리며, "가슴에서 복원되어 기억의 흔적으로 남는" 시간의 흔적을 인식하고, 세 번째 에피소드는 노벨문학상 수상자인 『설국』의 가와바타 야스나리의 삶과 죽음, 믿겨지지 않은 그의 자살을 모티프로 한 단상을 통해서, "'인생이란 꿈이며 세상이란 연극이 공연되는 가설무대'라는 그의 인식은 '꿈속의 꿈'이라는 포의 마지막 독백과도 다르지 않"으며, "그들의 고아의식과 환幻이라는 인생 허구를 연관"지어 "가마쿠라 공원묘지에서" "온 산을 뒤덮을 듯 무섭게 선회"하는 까마귀 떼의 음습한 이미지를 감각적으로 표현한다. 그리고 네 번째 에피소드는 보들레르를 모티프로 한다. 그의 시집 『악의 꽃』에서 보여주고 있는 "죽음, 우울, 서글픈 관능, 이교도적인 감수성, 그로테스크한 탐미주의, 죽음에 대한 강박관념", 그리고 그의 생애를 사유한다. 마지막 다섯 번째 에피소드에서는 이들을 통한 자신의 사념을 진솔하게 토로한다.

그의 유택을 다녀온 지도 어느새 17년이 지났다.

"이제 더 이상은……?" 눈짓으로 내게 말하던 가와바타보다 나는 두 살을 더 살고 있다. 누워서 지내는 날이 많아진 요즈음, 거실 창밖에 눈을 두면 빈 목련 나뭇가지에 포르륵 새들이 머물다 떠나곤 한다. 포의 집에서 만났던 그 참새 떼 같기도 하고, 내게 무슨 전언傳言이라도 있는 듯 보인다. 흑단처럼 새까만 까마귀란 놈은 허공에서 소리만 들려준다. 이태준은 「까마귀」의 울음을 '까르르……' 하고 GA 아래 R이 한없이 붙는 발음이라고 했는데, 오늘 아침의 까마귀는 '깍 깍 깍' 급하게 세 음절을 꺾는다. 가라는 뜻인가? '가 가 가'로 들린다.

노년은 이제 소리도 몸으로 듣는다. 목탄화로 그려진 창밖 풍경, 그것도 내게는 가설무대의 배경 같다. 무거워진 눈꺼풀을 감는다. 흑단새 한 마리, 지나간다.

—「까마귀」 결말 부분

맹난자는 이미 『그들 앞에 서면 내 영혼에 불이 켜진다』2012 1, 2권을 통해 52명의 작가 묘지 기행을 보여줬다. 그 뒤 『주역에게 길을 묻다』2012, 『나 이대로 좋다』2013, 『본래 그 자리』2015를 펴내면서, 죽음의 문제를 개인적 모티프로 하여 전 작품에 관통시켜 왔다. 위의 인용문 「까마귀」도 같은 맥락의 수필이다. 그러나 위의 인용문이 기존의 그의 수필과 다소의 변별성을 갖고 있는 것은 '까마귀'라는 표상물을 통해 정서적 토로를 감성적 문체로 쓰고 있다는 점이다. 이러한 특징은 맹난자 수필에서 흔히 볼 수 있는 일이다. 그것은 온축된 지식과 시적인 문장의 힘이다.

「문학의 힘」에서 작가는 "독서는 이와 같이 사람의 마음을 전해주고 있다"고 전언한다. "그래도 살아서 기쁜 것은 책에서 문학의 힘을 느낄 때"라고 토로한다. 이 수필은 문학의 원동력이 독서에서 기인함을 말하기 위해 오에 겐자부로의 『읽는 인간』의 독서 체험을 발상으로 마크 트웨인의 『허클베리 핀』을 읽은 겐자부로의 바뀐 삶에 주목한다. 그리고 겐자부로의 잠언적 언어와 마크 트웨인의 『허클베리 핀』의 미국문학사의 위상을 환기한다. 그리고 독서로 연결되는 마크 트웨인 → 오에 겐자부로 → 작가 맹난자의 문학정신을 문학의 힘으로 이해한다.

> 이런 마크 트웨인이 오에 겐자부로에게, 오에 겐자부로는 오늘 아침 또 나에게 웅변보다 더 큰 울림으로 사랑의 마음을 전해주고 있다.
>
> 독서는 이와 같이 사람의 마음을 변모시킨다. 문학의 힘이다.
>
> 장애인 아들을 보듬고 평생을 애쓰는 아버지 오에 겐자부로. 그는 반전反戰 평화와 휴머니즘적 가치를 위해 큰 목소리를 내며 행동하는 지식인으로 활동하고 있다.
>
> 인생에서 유달리 슬픔이 많았던 두 작가의 대비심大悲心의 연원을 짚어본다.
>
> '눈물이 없는 자의 영혼에는 무지개가 뜨지 않는다'는 인디언들의 경구가 마침 생각난다. '그래 좋아! 난 지옥엘 가겠어' 이런 소년이 내 안에서도 오래 머물기를 바란다.
>
> —「문학의 힘」 결말 부분

위의 인용문에서 지나칠 수 없는 구절은 "인생에서 유달리 슬픔이 많았던 두 작가의 대비심大悲心의 연원"이다. 슬픔을 모르는 영혼은 모든 중생의 괴로움을 없애려는 부처와 보살의 마음인 대비심大悲心을 알지 못한다는 아포리즘적인 경구는 맹난자 수필의 핵일 수 있다는 가정을 가능하게 한다.

2. 시간의 마술적 인식론

괴테는 『파우스트』에서 이렇게 말한다. "아아, 나의 가슴 속에는 두 개의 혼이 살고 있다. 그리하여 서로 갈라지려고 한다. 하나는 억센 애욕에 사로잡혀서 현세에 집착한다. 그리고 또 하나는 이 현세를 떠나서 높이 영靈의 세계를 지향한다"고. 이에 반해 앙드레 지드는 "나는 육체에서 잘라낸 영혼을 믿지 않는다. 나는 육체와 영혼과는 동일한 것이며, 육체의 생활이 없어졌을 때에 양자는 함께 끝난다고 생각한다"고 지극히 현실적으로 영혼과 육체를 이해한다. 또한 몽테뉴는 "사람의 영혼의 가치라는 것은 높이 올라가는 점에 있는 것이 아니라, 오히려 올바르게 행동하는 점에 있다. 그것이야말로 참된 학문"이라고 말한다. 이렇게 길게 몸과 영혼에 대한 경구를 탐색한 것은 맹난자의 수필 「몸을 붙들고」를 읽기 위해서이다.

이번의 수필집 『시간의 강가에서』에 수록된 '제2장 몸에 대한 사유'에 묶여 있는 이른 바 맹난자의 '몸 수필'은 「몸」 「몸을 붙들고」 「나는 몸으로 쓴다」 「간시궐」 「냉장고의 눈물」 「데미지」 「사드 후작에 대하여」 등 7편이다. 맹난자의 이 '몸 수필'은 다른 언어로는 '영혼의 수필' '죽음 인식의 수필'이기도 하다. 이 중에서 「몸을 붙들고」에 주목하려 한다.

몸보다 무상無常한 것이 다시 있을까. 감꽃 같던 계집애는 등 굽은 노파가 되었고, 풍우를 막아주던 몸도 시간의 부식으로 닳아져 오늘 새벽에는 무릎과 손가락 뼈마디에 전류가 흐르는 것 같았다. 관절 마디의 통증, 신경세포가 숨을 참고 통증을 견디느라 애쓸 때 비로소 내 몸의 존재가 절실하게 체감되던 것이다. 엉거주춤 이런 몸을 붙들고 나는 노후의 과정을 지나고 있다.

생에서 노사老死로 바로 가면 좋으련만 그 과정에 매복하고 있던 온갖 질병이 나타나 몸을 괴롭힌다. 사고가 아니라면 우리 대부분은 아프다가 죽는다.

몸이 떠날 때가 되었는데도 죽어지지 않는 사람의 몸처럼 괴롭고 끈질긴 것이 있을까. 보스톤의 한 호텔 방에서 "왜 빨리 죽지 않는지 모르겠다"고 고함을 치던 유진 오닐의 모습이 떠오른다. 파킨슨병으로 그는 2년 가까이 그 방에 유폐되어 있었다. 인고의 한계를 감당한 그에게 머리가 숙여지기도 했다.

—「몸을 붙들고」 중에서

위의 인용문을 보면 몸의 무상함, 나서 늙어가면 아프다가 죽어가는 인간 삶의 가장 큰 고통을, 유진 오닐을 통해서 환기하게 된다. 앞에서 언급한 괴테, 지드, 그리고 몽테뉴의 말이 경구조차도 부질없는 말로 느끼게 하는 현실적인 힘이 있는 인용문이다. 작가는 이 수필의 서두에서 작가는 자신의 나이 "일흔에서 여든에 이르는 시간"을 "노년의 시간은 사라짐으로 가는 휴지休止의 시간"으로 규정한다. 그리고 경허 스님의 "허깨비 같은 몸"의 버림에 대한 일화와 "일체 변하는 법은 그 실체實體가 없는 것/ 모양이란 원래 허망한 것이라는 것을 안다"는 임종게를 남기고 "안양암 뒷산에 올라 한 손으로 솔가지를 잡은 채" 열반한 혜월 스님. 그리고 "촛불을 켜들고 스스로 장작더미 위로 올라가 타오르는 불길 속에서 제자들의 우는 모습을 보며 열반에" 든중국의 경통景通 선사. "불교에서는 원래 죽음이란 존재하지 않는다"는 말 앞에서는 이들의 경구들도 부질없어진다.

> 왜 불교에서는 죽음이 없다고 하는가?
>
> 우리의 존재는 인연에 의해 연기緣起 상황으로 존재하다가 조건이 다하면 돌아가는 무아無我적 존재이기 때문이다. 연기에 의해 가합假合된 이 몸은 본래 공空한 것. 따라서 이 몸에는 '나'도 없고 '주재主宰'도 없다. 그래서 붓다의 제자 바칼리 비구가 몸의 극심한 고통을 참지 못하고 자살을 결행했을 때 붓다는 "그는 내 설법을 듣고 분명히 깨달아 알았고, 법[眞理]에 대해 두려움 없이 반열반般涅槃에 들었다"고 말했다.
>
> —「몸을 붙들고」 중에서

본디 '죽음은 없다'는 맹난자의 키워드는 일관된 인식이다. 우리는 무아無我적 존재이기 때문에 "이 몸에는 '나'도 없고 '주재主宰도 없다"는 것. 마음 없음[心無常]과 무아無我를 깨닫지 못하고 자살을 감행했을 때 윤회를 면치 못하다는 것은 작가의 일관된 죽음의 인식론이다.

그러나 이 수필 「몸을 붙들고」에서 지나칠 수 없는 부분은 롤랑 바르트의 말 "늙는 다는 것, 이는 서서히 자살하는 것"이라는 말이다. 이 말은 이 수필의 서두의 작가의 말 "노년의 시간은 사라짐으로 가는 휴지休止의 시간"이라는 말과 다르지 않기 때문이다. 그래서 맹난자는 이 수필의 제목을 '시간의 강가에서'로 칭한 것으로 보인다.

수필 「시간의 강가에서」는 강가에 서서 흐르는 강물을 보고 '간다는 것'에 대한 사유로 시작된다. 이러한 언어 인식은 "잔잔한 물살 위에 흐르는 시간, 물 수[氵]와 갈 거去를 합하면 법法 자가 된다. 법法이란 진리, 물이 흘러가는 '흐름'이 진리가 아닐까. 돌이킬 수 없는 그 흐름의 원형은 시간일 터"라는 시간에 대한 사유를 가능하게 한다. 그런 뒤, 카잔차키스와 공자, 베르그송, 마르셀 프루스트, 그리고 보르헤스의 시간에 대한 정의를 정리한다. 또한 아우구스티누스, 헤르만 헤세, 토마스만, 철학자 파르메니데스, 그리고 마지막에는 나가르주나의 『중론』을 언급한다. 여기에서 나는 보르헤스와 나가르주나N'aG'arjuna의 말에 주목하게 된다.

① '시간의 광맥을 캐는 광부'라고 지칭했던 아르헨티나의 작가 호르헤 루이스 보르헤스1899~1986의 문학의 주제도 '인간의 정체성'과 '시간'이었다. 그는 에세이 「시간에 대한 새로운 반론」에서 이와 같이 말한다.

"시간은 지속입니다. 존재한다는 것은 시간이 되는 것이며 우리들이 바로 시간입니다. 시간은 존재의 핵심이기 때문에 시간 없이 인간은 살 수 없어요. 우리들의 의식은 끊임없이 한 국면에서 다른 국면으로 옮겨가고 있는데 그 지속이 바로 시간입니다. 우리 또한 강처럼 흘러갑니다."

흐르는 강물에서 나도 시간을 바라본다.

시간은 나를 이루고 있는 본질이다.

시간은 강물이어서 나를 휩쓸어가지만 내가 곧 강이다.

보르헤스의 말을 곱씹어본다.

—「시간의 강가에서」 중에서

② 1700여년 전, 인도의 학승 나가르주나Nāgārjuna AD 150~250도 자신의 저서 『중론中論』에서 다음과 같이 시간의 공성空性을 제기한 바 있다.

존재로 말미암아 시간이 만일 있다면
존재를 떠나서 시간은 어디 있을 것인가.
그런데 어떠한 존재도(실체로서는) 존재하지 않는다.
어디에 시간이 있을 것인가. 因物故有時 離物何有時 物尙無所有 何況當有時

—「시간의 강가에서」 중에서

①의 보르헤스의 말 "내가 곧 강이다"를 작가는 "내가 곧 강인 것은 내가 태어난 시간과 함께 그자들도 태어났기 때문이며 내가 죽으면 저들도 죽는 것이기 때문이다. 즉 시간과 강물은 나와 함께 태어났고 나와 함께 죽을 것"이라고 설명한다. 그리고 "보르헤스의 말대로 존재한다는 것은 시간이 되는 것이다. 우주도 시간과 함께 태어났다. 모든 존재는 생멸生滅하기 때문에 시간이 경과하고 또한 시간이 경과하기 때문에 생멸한다. 존재와 시간은 서로 인대因待한다. 만약 존재가 없다면 어떻게 시간이 있을 수 있겠는가? 보르헤스가 그의 에세이 「시간에 대한 새로운 반론」에서 시간을 부정했던 것처럼"이라고 부연 설명한다.

라틴 아메리카의 '마술적 리얼리즘'의 선구자이며 포스트모더니즘 문학의 거장으로 평가받는 보르헤스는 컴퓨터 용어인 '유비쿼터스'라는 언어로 '시공간'과 '정체성'의 개념을 자신의 가역적이고 총체적인 세계관으로 인식하고 자신의 문학 지평을 확장한다.

'유비쿼터스'는 인간의 의식과 무의식, 시공간, 존재와 사유의 총체적인 경계의 확장을 포함하는 개념이다. 시간 및 공간의 파편화된 단편적인 사고를 독자와 상호적으로 교감하는 유기적인 그물망으로 구축하려는 "21세기의 혁명적인 변화"를 가능케 하는 인식이다.

그래서 보르헤스의 소설 속의 시간은 현실의 시간과의 대척인 극점에 존재한다. 현실의 시간이 직선적이며 단순하고 절대적이라면 보르헤스의 작품 속 시간은 비현실적이며 여러 가지 축으로 이루어 유기적으로 이해하지 않으면 알 수 없는 시간이다. 패러디 소설이라 할 수 있는 「바벨의 도서관」에서의 공간은 끝없이 무한하다. 그뿐만 아니라 소설 속에 부여된 시간은 영원한데, 그 영원이라는 시간 개념은 시작도 끝도 없는 정지된 시간이다. 그의 시간은 분산되고 입체적이라 과거에서 현재를 거쳐 미래로 나아가는 일직선적 구성을 용납하지 않는다.

그러한 보르헤스의 시간관이 에세이 「시간에 대한 새로운 반론」에 이르러 "시간은 나를 이루고 있는 본질"이며 "시간은 강물이어서 나를 휩쓸어가지만 내가 곧 강"이라는 인식으로 변용되어 불교적 인식과 관계양식을 갖는 것은 아닐까? 아니면 불교인식론적 시의 창작 방법 중의 하나인 '사물의 사물화'로 사물의 본질을 이해하기 위해서는 마음이 시적 대상인 사물에 가 닿아 그 사물을 인식해야 한다는 것과 다르지 않은 것으로 보인다.

②는 나가르주나(용수보살) 『중론中論』의 핵심 사상인 연기緣起 → 무자성無自性 → 공空으로 귀결되는 것을 존재와 시간 관계로 연결시킨 경구다. 실체 즉 존재가 없는데 시간이 있을 수 있겠는가라는 의혹이 그것이다.

이에 따라 맹난자 작가는 "이런 까닭에 간다는 것과 가는 자와 갈 곳도 존재하지 않는다. 환언하자면 저 물과 시간과 나는 모두 가는 곳이 없다. 실체 없는 우리의 존재는 공성空性, 무無이기 때문이며, 존재를 떠난 시간이란 있을 수 없기 때문이다"라고 이 수필의 결말 부분에서 말하고 있다. 그리고 "시간과 함께 인간은 하나의 마야[幻影]에 지나지 않으리라는 자성自省이 나를 잠시 무력하게 하지만 그러나 도도한 흐름 위에 실린 저 무주無住의 시간./ 없으면서 지속하는 다르마, 그 법성의 법法 자를 되새기게 되는 것"이라고 「시간의 강가에서」의 핵심적인 사유인식을 결론으로 한다.

3. 변별성 있는 '맹난자 수필'

수필 「몽테뉴의 '수상록'」은 세계문학인 고전 중 하나인 몽테뉴의 『수상록』에서 그의 불교적 인식과 사상에 대한 탐색을 죽음의 존재양식으로 조명해본 글이다. 몽테뉴는 우리 모두가 알고 있듯이 에세이의 비조鼻祖다. 수필의 어원을 몽테뉴의 책 제목인 에세essai의 의미인 무엇인가 새롭게 실험한다는 의미의 '실험성' '실험

정신'으로 에세이의 특성을 규정하고 있는 것이 그 때문이다.

맹난자는 그의 수필의 주요 테마를 '죽음과 고통'으로 인식한다. 이에 따라 그의 「몽테뉴의 '수상록'」 속의 한 구절에 주목한다. 말발굽에 밟혀 죽음을 선험先驗한 후 쓴 글 중 "이 때 비로소 죽음과 친숙해지기 위해서는 죽음에 접근해보는 도리밖에 없음을 알게 되었다"라는 구절이다. 그리고 몽테뉴의 『수상록』에서 "노자의 사유와 궤"가 같음을, 『금강경』의 "머무는 바 없이 마음을 낸다應無所住而生起心"와 『반야심경』의 "마음에 걸림이 없기에 두려움도 없다無罣碍故無有恐怖"를 떠올린다. 그리고 임제 선사의 말씀을 떠올리기도 한다

'자신의 현존재를 당당하게 즐길 줄 아는 것' 외에 아무것도 아니라는 것이다. 현존재의 오롯한 알아차림, 당처當處가 모두 진여眞如라는 임제 선사의 말씀이 떠올랐다. '수처작주 입처개진隨處作主 立處皆眞'이다.

몽테뉴의 삶의 지혜는 결국 '즐기자 떳떳하게 즐기자'로 요약된다. 붓다께서 설한 무상無常 · 무아無我 · 고苦가 상낙아정常樂我淨으로 전환된 그 열반처에 든 것이다. 죽음을 탐구하러 들어가 만난 것은 '생의 철학'이었다. 그러니 죽음 따위는 걱정할 필요가 없다. 그는 말한다. 왜냐하면 "죽음은 그대가 살아 있을 때나 죽었을 때나 그대에게 관여하지 않는다. 살아 있

을 때에는 그대들 생존해 있으므로, 죽었을 때에는 그대들 벌써 이 세상에 없으므로. 아무도 그 마지막 때가 되기 전에는 죽지 않는다. 그대가 남겨놓고 가는 시간은 그대가 출생하기 전의 시간과 마찬가지로 본래 그대의 것이 아니었다. 그 둘 다 그대의 것이 아니다".

—「몽테뉴의 '수상록'」 중에서

"가는 곳마다 주인이 되고 서는 곳마다 참되게 한다隨處作主 立處皆眞"는 임제 선사의 『임제록』에 나오는 말이다. 어느 곳에서든 주인이 된다면 그 서는 곳이 참이라는 의미다. 이를 통해서 맹난자는 위의 인용문처럼 "그대가 남겨놓고 가는 시간은 그대가 출생하기 전의 시간과 마찬가지로 본래 그대의 것이 아"닌 것처럼 "그 둘 다 그대의 것이 아니다"에 방점을 찍는다.

그리고 "죽으면 존재가 없는데 어떻게 그것을 설명할 수 있는가? 존재하지 않는데 어떻게 죽음이 두려울 수 있는가?"라는 질문을 던진 예일대학의 셸리 케이건 교수의 물음에 불교로 답한다. "불교에서는 원래 죽음이 없다. (……) 죽음이 없다기보다 내가 죽는 일은 아예 없다는 것. 왜냐하면 죽을 내가 없기 때문이다. 무아無我를 아는 것, 이것이 대반야바라밀"이라고. 그리고 "죽음을 생각한다는 것은 다른 말로 자신의 존재와 마주하는 일"이고, "'Que Sais Je?'로 이어지는 끊임없는 그의 탐구법은 간화선의 화두 '이 뭣고'와 다르지 않"으며, "'나는 누구인가?' 내부로 향한 그의 명상은 아상我相을 지우고, 판단을 배제하며 마침내는 집착과 분별심마저 내려놓게 했다. 그의 정신이 도달한 지점"이라고 몽테뉴의 사상을 미루어 생각한다. 그리고 "죽음의 명상가"인 몽테뉴의 마음을 "무심無心과 평정심平靜心"으로 이해한다.

이렇게 맹난자 작가는 서양의 고전 속에서 불교사상이 숨어 있는 흔적들을 탐색해 나가는 작업을 지속적으로 참구하고 있다. '불교로 읽는 문학'의 장場에 묶어놓은 「사무엘 베케트 씨에게」「카찬차키스의 '나는 아무것도 바라지 않는다'」「말라르메의 부재不在인식과 허공 꽃」과 지금 우리가 본 「몽테뉴의 '수상록'」이 그것이다. 아직도 정립되지 않은 불교문학적 국면에서의 한 가지인 '현대문학작품 속에서의 불교사상' 찾기에서 한 지평을 열어주는 작업이다. 불교문학연구방법론에 있어서 불교학 연구 국면에서 '불경 속의 문학성' 탐색만큼이나 문학 연구에서는 중요하기 때문이다.

진솔하게 토로컨대, 필자는 그동안 한국현대문학작품 속에서의 불교사상 읽기에만 관심을 가져왔다. 현대에서 고대로 소급 연구하면 될 것이라는 생각 때문이었다. 그런데 외국문학 속의 불교사상 탐색은 염두에 두지 못한 것을 맹난자 작가는 실천하고 있다는 점에서 경외감을 갖게 한다. 필자는 기회 있을 때마다 문학이론은 작가의 작품 속에서 나온다는 말을 하곤 한다. 기존의 문학이론이 그랬던 것처럼 앞으로의 문학이론, 특히 문학론 부재 혹은 문학론이 미흡한 수필문학이론은 현존하고 있는 작가들에게서 문학이론이 창출된다는 생각을 확신하고 있다. 기존의 잘못된 이론을 전복시켜 바르게 잡을 수 있는 이론도 작가들의 작품 속에서 나오게 되고 기존의 문학이론에 부가될 이론도 작품 속에서이다. 그것을 귀납적으로 추출하고 정리하는 작업은 문학평론가나 문학연구가의 몫이다.

그럼에도 불구하고 우리의 수필문학계는 그 연구작업이 일천하다. 필자가 이 글의 3장의 소제목을 「변별성 있는 '맹난자 수필'」이라 한 이유는 기존의 수필가들의 작품과 맹난자의 수필이 변별성을 지니고 있음을 알면서도 이러한 '맹난자 수필'을 분류할 수 있는 영역이 마련되지 않았기 때문에 하나의 편의적 용어로 '맹난자 수필'로 지칭한 것이다. 그의 수필을 중수필, 철학수필, 불교문학수필, '문학비평적 수필' 등등 지금으로서는 하나로 규정하기 어렵기 때문이다.

또한 이 글의 서두에서 필자는 맹난자 수필에 대한 문학사적 위상을 이렇게 동어반복했다. "작가 맹난자 수필은 미학적인 국면에서 피천득의 수필과 김진섭의 수필을 변증법적으로 결합한 한국 수필의 새 지평을 여는 통섭수필 혹은 통합수필인 셈"이라고 포괄적으로 말한 바 있다. 그러나 나의 규정(?)은 수정되어야 한다. 서정수필, 철학수필, 감성수필, 실험수필, 사회수필 등등으로 편의상 분류하는 수필이 아닌 다른 작가와는 변별성 있는 '맹난자 수필'의 특별함이 함유하는 명칭으로 수정되어야 한다는 것이 그것이다.

이를 위해 수필 「노년의 식탁」을 읽는다.

잔가지를 쳐낸 고목처럼 노년의 삶은 간소簡素하다.

더운 우유 한 잔과 인절미 서너 개면 아침식사가 된다. 우선 식탁이 간편해졌고, 번거롭게 갖춰 입어야 하는 외출도 멀어진 지 오래이다.

하루가 다르게 변모해 가는 세상의 속도를 따라가지 못하는 나는 아직도?라는 눈총을 받으며 구형 휴대폰을 고수하고 있다. 주인의 심사를 아는 듯, 침묵하는 날이 더 많은 나의 휴대폰, 번잡한 소통을 나는 그다지 좋아하지 않는 편이다.

비껴가는 하루해가 겨울 때도 있지만 그것은 잠시뿐이고, 한 모양으로 지내는 심심한 그 단조로움이 헐렁한 옷처럼 편안하다.

오후가 되면 버릇처럼 식탁에 가 앉는다. 무릎 때문에 좌탁보다는 식탁이 편해서이다. 가을걷이를 끝낸 들판처럼 노역勞役에서도 면제되고 사람관계에서도 풀려나 모처럼 한가한 때를 보내고 있다.

—「노년의 식탁」 서두 부분

이 수필은 이렇게 하루의 일과를 시작한다. 많은 사람들이 하루의 삶을 사는 모습과 흡사하다. 그러한 삶 속에서 화자는 자신의 내면속으로 들어간다. "사위는 고요한데 이따금씩 몸이 겪는 통증을 느끼며, 아무 하는 일이란 없다. 무사無事, 무위無爲다, 중천의 해는 나와 상관없이 뜨고 진다. 지인들의 행보는 활발한데, 그렇지 못한 자신이 때로는 딱할 때가 있다. 그런 날은 서가에서 노자老子를 꺼내 든다"가 그것이다. 노년의 적요의 삶 속에서 화자가 가끔 몸의 통증을 느끼지만 '무위無爲'라는 언어 속으로, 노자의 『도덕경』 20장 속으로 들어간다.

'절학무우絶學無憂'로 20장은 시작되고 '이귀식모而貴食母'로 시작되는 이 장에서 작가는 "민물의 근원인 도를 기르는 것"의 의미를, '식모食母'라는 언어를 통해 『도덕경』의 핵이라 할 수 있는 40장인 "'되돌아가는 것[反者]은 도의 움직임[道之動]이요 약한 것[弱者]은 도의 쓰임[道之用]이다"라는 말로 되새긴다. 또한 노자와 융, 헤르만 헤세. 로망 롤랑의 바다에서 지혜와 위안을 받는다.

특히 노자가 젊은 시절에 아내의 불륜을 목격한 일화를 더듬으며 "그는 불륜을 증오해야 할 악惡으로 보지 않"고, "악은 선善의 바깥에 서 있는 이물질이 아니라 선이 분비한 자기의 다른 모습이므로 선의 다른 측면인 '불선不善'으로 보았던 것"을 기존 사상과는 다른 전복된 사유로 이해한다. 그리고 "사심私心을 버리고 불선不善을 용인한 (노자의) 도량과 인간적 고뇌를 짚어보"고, "프랑스의 철학자 몽테뉴도 아내의 불륜을 목격했을 때, 노자처럼 생각"했음과, "시대를 거스르고 동서양이 다르건만 그들의 대응법은 다르지 않"음으로 이해하기도 한다. 또한 노자와 몽테뉴는 "이후 (……) 아무것에도 연연하지 않고 오로지 사색과 독서에만 전념할 뿐, 만년에 노자는 『도덕경』을 몽테뉴는 『수상록』, 한 권을 남겼"음을 환기하기도 한다.

그리고 「노년의 식탁」에서 "대극對極의 양단을 물리친 동양의 현자와 서양의 철학자를 생각하는 나는 다시금 '선악불이善惡不二'를 반추"하고, "아직은 어렵지만 대립심對立心을 갖지 않는다는 것부터 시작"하기로 한다. 이것이 요즘의 작가 맹난자의 과제임도 토로한다. "노년은 비우는 것이다. 그리고 견디는 일"이라고 혼잣말로 중얼거린다. 이것이 「노년의 식탁」에서의 작가가 사유한 자아성찰의 그 과정이다.

4. '평설수필'의 한 전범

「나는 아무것도 바라지 않는다」는 부제로 명시한 니코스 카잔차키스와 그의 희곡 「붓다」에 대한 문학비평적인 글이다. 이 글의 문학 장르적 분류는 포괄적으로 '에세이'라 할 수 있다. 광의적 장르론으로, 문학평론을 '에세이'의 범주로 이해할 때 그러하다는 말이다. 카잔차키스의 자연인으로 삶과 작가로서의 삶을 총체적으로 조망하는 평설적인 에세이로 보아야 할 것이다. 이 에세이의 서두는 그의 『영혼의 자서전』을 통해서 그의 삶과 사상을 조망하고 희곡 「붓다」의 불교문학적 가치, 그리고 그의 대표작인 『그리스인 조르바』를 통해서 그의 작가정신 혹은 문학정신을 탐색한다.

이 에세이의 서두는 카잔차키스의 묘비명 "나는 아무것도 바라지 않는다/ 나는 아무것도 두려워하지 않는다/ 나는 자유다"에서 작가는 "'20세기 문학의 구도자'라고 불릴 만큼 그는 문학으로 치열하게 구도求道한 자유인"이라고 카잔차키스를 규정한다. 그리고 이를 입증하기 위해 그의 저서 『영혼의 자서전』에서 그 근거를 찾아내어 제시한다. "그가 대상으로 한 자유는 첫째 터키인들로부터 찾아야 하는 자유, 다음에는 내면의 눈을 멀게 하는 헛된 사상과 우상들로부터 자유롭고자 한 자신과의 선전포고였다. 스스로가 밝혔듯이 그의 최초의 큰 욕망은 '성직'에 대한 것이었다. 어린 니코스는 성 아우구스티누스를 자신의 수호신으로 삼으며 영웅성을 지닌 성자를 완전한 인간이라고 보았다"는 것이다.

이 견해에 대한 설득력 있는 근거는 맹난자의 다른 수필인 「만들어진 신」이다. 동 제목인 도킨스의 책 독서를 통해서 신과 인간의 관계양식을 정리한다. "그는 신이 없어도 인간은 열정적이고 영적靈的일 수 있다는 것이다. 신은 없다. 모든 종교는 틀렸다. 도킨스는 수많은 과학적 논증을 펼치며 신이 없음을 입증하고 오히려 신을 믿음으로써 벌어진 참혹한 전쟁과 기아, 그리고 빈곤의 문제를 일깨운다./ 그는 '위로'라는 장에서 '종교를 버리면 그 자리에 무엇을 넣을 것인가'에 이렇게 답하고 있다. (……) 그러나 나는 정반대로 초자연적인 종교 없이 행복하고 충족된 삶을 살 수 있다는 말로 이 책을 끝맺고자 한다. 그리고 신이 사라진 뒤, 인간 사회는 어떻게 될 것인가? 인간은 더욱 인간을 의지하며 본연의 가치인 사랑과 연민을 찾게 될 것이다./ 우리가 신에게 의지하지 않을 때, 우리는 스스로 생각하고 서로를 도우면서 더 충만하고 만족스러운 삶을 살 수 있다는 대목에서 나는 또 한번 붓다의 자등명自燈明의 가르침을 떠올렸다"고(「만들어진 신」 결말 부분)에 적고 있다.

이러한 사유로 맹난자는 신에 저항하는 자유를 얻은 인간인 '그리스인 조르바'를 만나게 되고, 붓다의 설법과 가르침을 만나게 된다. 그리고 『영혼의 자서전』에서 "욕망이나 희망보다 '마음'을 높이라는 그 마음에" 방점을 찍고 희곡 「붓다」를 길게 평설한다. 그러면서 카잔차키스는 어떻게 "영혼의 자유와 영성을 얻을 수 있는가 등의 명제를 놓고 평생을 씨름한 사상가요 진정한 구도자"로 규정한다. 또한 "과연 어떻게 하면 아무것도 바라지 않는 대해탈심(자유)이 될 수 있을까"라는 화두를 자신과 우리에게 던진다.

그뿐만 아니라, "희망을 최후의 적敵이라며 그마저 놓아버린 삶, (……) 신에 대항하는 인간 간의 투쟁을 즉 '자유'를 작품의 주제로 삼"은 카잔차키스를 통해 "구원의 문은 우리 손으로 열지 않으면 안된다. 이제 우리에게 '초인'은 희망이다 (……) '신은 죽었다'로 선언"한 니체의 초인과 붓다를 만나며, '내가 바라는 것은 자유'이며, "더 이상 나는 아무것도 원하지 않는다"라고 말한 카잔차키스의 육성을 다시 듣는 것으로 이 에세이는 마무리된다.

하지만 「나는 아무것도 바라지 않는다」에 간과할 수 없는 부분이 카잔차키스의 희곡 「붓다」에 대한 평설 부분인데, 이 부분에 대한 소개는 별도로 이루어져야 할 것으로 보여 이 글에서는 유보한다.

「나는 아무것도 바라지 않는다」보다 넘치는 분량의 에세이는 「말라르메의 부재不在인식과 허공 꽃」이다. 「목신의 오후」를 중심으로'라는 부제가 붙은 이 에세이는 문학비평적 혹은 말라르메의 평설적인 에세이이지만 오히려 소논문에 가까운 글이다.

이 에세이는 '1. 꽃의 이데Idee, 2. 『목신의 오후』, 3.꿈과 환영幻影이라는 소제목으로 구성되어 있다. 말라르메의 시 「목신의 오후」를 중심으로 하여 그의 시의 부재인식 혹은 허무의식을 탐색하여 불교의 무無사상과 연결시킨 에세이이다.

서론에서 맹난자 작가는 말라르메의 "대부분의 작품에서 '허무' '무' '텅빔' '침묵' 등 부재 이미지를 발견되는데 본고에서는 『목신의 오후』를 중심으로 님프들의 부재인식과 소위 불교에서 말하는 '허공 꽃'의 이데와 연계하여 그 상관관계를 짚어보고자 한다"고 이 에세이의 성격을 밝힌다. 그리고 각주를 통해 '허공 꽃'의 의미를 설명한다. "생사란 본래 없는 것인데 스스로 허망분별상虛妄分別相

을 일으키고는 망령되게 계산하여 있다고 생각한다. 제 눈병이 다 낳은 후에 비로소 공중에 꽃(허공 꽃)이 없다는 것을 아는 것과 같다"는 보조국사의 『진심직설眞心直說』의 말을 인용한다.

말라르메의 「목신의 오후」는 그리스신화에 등장하는 반신반인의 요정 님프의 장밋빛처럼 아름다운 육체를, 꿈도 현실도 아닌 상태에서 영원히 사모하는 목신의 관능적인 시상을 그린 시이다. 이 시에서 목신의 관능적 이미지는 인간의 육욕을 상징한다. 그것을 맹난자는 「말라르메의 부재不在인식과 허공 꽃」에서 보조국사의 『진심직설眞心直說』의 진심출사眞心出死(진심은 생사를 초월한다) 장場에서의 '허공 꽃' 비유로 평설하고 있다.

허공 꽃의 비유는 이렇다.

왈생사본무 망계위유 여인병안曰生死本無 妄計爲有 如人病眼, 견공중화 무병인 설무공화 병자불신見空中花 無病人 說無空花 病者不信, 목병약무 공화자멸 방신화무目病若無 空花自滅 方信花無, 지화미멸 기화역공 단병자只花未滅 其花亦空 但病者, 망집위화 비체실유야妄執爲花 非體實有也(말하건대, 생사란 본래 없는 것이나 분별력으로 있게 된 것이다. 어떤 사람이 눈병으로 허공의 꽃, 즉 눈병 때문에 허공에 마치 꽃이 있는 것처럼 잘못 보는 일을 비유로 볼 때, 눈병이 없는 사람이 허공에 꽃이 없다고 말해도 병자는 믿지 않다가 눈병이 다 나아서 허공의 꽃이 절로 없어져서야 비로소 꽃이 없다는 걸 믿게 된다. 하지만 그 꽃이 사라지기 전부터 그 꽃은 원래 없었던 것이지 병자가 망령되이 집착하여 꽃이라 여긴 것 일 뿐 그 본체가 참으로 있은 것은 아니다)가 그것이다.

이렇게 말라르메의 『목신의 오후』를 보조국사의 『진심직설眞心直說』의 핵인 '허공 꽃'과 대비하여 쓴 평설을 어쭙잖게 평하는 것은 췌언에 불과하다는 판단이 든다. 이에 따라 필자는 이러한 성격의 에세이를 한국현대수필사에서 어떻게 자리매김해야 하는가에 대한 담론은 있어야 할 것으로 믿으며, 우리가 앞으로 풀어야 할 문제로서 제기한다. 수필의 영역 속에 넣지 않고 문학비평의 범주로 종속시키면 더 거론할 여지는 없다. 그러나 '맹난자 수필'이 에세이라는 영역에 있다는 점에서 그러하다.

맹난자수필집
시간의 강가에서

지은이_ 맹난자
펴낸이_ 조현석
펴낸곳_ 북인
디자인_ 푸른영토

1판 1쇄_ 2018년 05월 10일
1판 2쇄_ 2018년 06월 05일

출판등록번호_ 313 - 2004 - 000111
주소_ 121 - 842 서울 마포구 서교동 467 - 4, 301호
전화_ 02 - 323 - 7767
팩스_ 02 - 323 - 7845

ISBN 979-11-87413-28-8 03810